ゆらぎの森のシエラ

菅　浩江

塩の霧に閉ざされて立ち枯れする森と，狂暴化した異形の動植物に囲まれた地キヌーヌ。化け物に姿を変えられ，図らずも殺人に手を染めた青年・金目《キンメ》は，彼を騎士と呼び慕う不思議な少女・シエラとの出会いによって自我を取り戻す。彼女の周囲からは霧は遠ざけられ，草原は穏やかな風と陽光に満ち溢れるのだった。金目は己を化け物に変えた主人パナードへの復讐を誓うが，理想郷を目指すパナードの執念の前に苦戦を強いられる。そして急速に成長するシエラの身体は，世界の原理そのものと繋がり始める。清新な抒情と稀有の想像力に彩られた，著者の初長編にしてSFファンタジーの傑作。

ゆらぎの森のシエラ

菅　浩江

創元ＳＦ文庫

SIERRAH IN THE FLUCTUANT FOREST

by

Hiroe Suga

1989

ゆらぎの森のシエラ

プロローグ

濃い霧の森の中から、ひとつの影が村へ向かっていた。

大きな体をした男である。

男は、霧の中を滑るようにパルの村へと歩いていた。

都から遠く離れた辺境の地キヌーヌ。その地方でも最南端にあるパルの村は、森と海にはさまれた細長い土地だった。かつては南国特有の明るさを持った村だったが、今は夜と霧に閉ざされて、静まりかえっている。

べったりと体に貼り付くような霧は普通のものではない。多量の塩分を含んだ塩の霧なのだ。

三世代ほど前から霧は少しずつ濃くなっていた。昼夜を問わぬ塩の霧で作物は枯れ、森の木々も倒れた。漁に出た船は視界を失って戻れなくなった。

キヌーヌ地方の人々は霧を恐れていた。

霧の濃さに比例するように、キヌーヌの森に異様な動植物が増えているのだ。初めは脚が一本多い熊や身もだえする蔦《つた》程度だったのが、年を追うごとに複雑化、狂暴化し、今では村を襲う化け物も少なくない。

家ほどもある体に青光りする固いコブを盛り上がらせたコブオオカミ。触れた者を挽《ひ》き肉にできる、刃のような羽根を持つ化鳥《ケチヨウ》。馬さえ簡単に呑《の》める大きさの大蛇、蛇尾《ヘビオ》。塩の霧という、自然界ではあり得ないものとともに増えたそれらの化け物は、ちょうどこんな霧深い夜にやって来る。塩害にあえぐ貧しい村の人口が、化け物たちの牙や爪でまた減るかもしれないのだ。

キヌーヌ地方の七つの村では自主的に若者による自警隊が組織されていたが、今宵はその見まわりの姿もなかった。

森から来た男は、静まりかえった闇の向こうを金色の瞳を細めて透《す》かし見た。

ぼんやりと光るものがある。

村の周囲に張りめぐらされた化け物よけの柵《さく》のあたりで、赤っぽいロウソクの光が弱々しく瞬《また》いていた。

男はゆっくりそちらへ歩を進めた。次第にロウソクを持つ人物の姿がはっきりしてくる。筋肉質の体に、パルの村の自警隊の服を着けている。黒い襟《えり》は隊長であることを示していた。

――来たか。

ロウソクをかざして、隊長は大男にそう言い、鋭い視線で男の頭から爪先までをねめまわした。

——なるほど、すばらしい姿だな。

隊長は満足そうに呟いた。

ロウソクに照らし出されているのは、大きな体をくまなく覆《おお》う美しい甲冑《かっちゅう》だった。飾りのない丸い兜《かぶと》には顔の起伏に沿《そ》ってゆるやかな凹凸《おうとつ》があるだけだが、唯一目の部分が細長くあけられていて、そこから金色の瞳が瞬きもせずにじっと隊長を睨《にら》んでいた。肩あてや肘あての丸みがロウソクの光をてらてら映している。厚い胸や木の幹ほどはありそうな太腿はもちろん、手もまるで固い手袋を着けたように円筒と蛇腹《じゃばら》の組み合わせで守られていた。

瞳以外を覆いつくしている甲冑が異様に美しいのは、精巧な細工もさることながら、その色のせいだ。

それはカラス貝でできた工芸品のようだった。暗い青の地に漆黒《しっこく》と銀の線が奇妙な渦を巻いている。乱れた渦模様の銀線が稲妻《いなずま》のように閃《ひらめ》き、隊長よりも頭一つ高い男は恐ろしい雷神のようにも見えた。

豪胆さと野心の強さで自警隊長になった彼でさえ、目の前に立つ甲冑姿の男の前ではその渦の中へ自分が呑まれていきそうな気がするのだった。

——さすがはパナード様……。

——不用意に殿の名を口にするな。

甲冑の中から重い声がして、隊長はぎくりとした。

——まぬけめ。喋《しゃべ》れないとでも思っていたのか、俺はコブオオカミや化鳥とは違う。殿ご自慢の人間型をした家臣だ。知恵もある。強いだけの能なしの化け物どもと一緒にするな。

隊長は気を取り直して下手《したて》に出た。

——では、今夜の手はずもご承知でしょうね……匂いは判りますか?

——ああ。

甲冑の騎士姿の男は、かすかに香る甘ったるい匂いのほうを指さした。その方角には化け物寄せの香りを撒かれた民家があるのだった。

金色の瞳がぎらぎらしている。香りで彼の闘争本能があおられているのが隊長にも見てとれた。

——では頼みますよ、金目《キンメ》。それと……自警隊の連中はなるべく殺さないように。今夜のことは何も知らない、従順なかわいい手下なんでね。

金目と呼ばれた甲冑の騎士は、彼の言葉が終わらないうちに、もう霧の中へ歩みはじめていた。身につけた甲冑はカタリとも音をたてない。

——立派な初陣《ういじん》を。

金目の背に、隊長は声をひそめて言った。

ふっとロウソクが吹き消される。

闇が降りた。

と——ほどなく。

女の悲鳴と派手な物音がして、火の手が霧を赤く染めた。

隊長はにやりと笑い、ゆっくり十数えてから、

——何事だ！

と白々しく叫んで駆け出した。

金目は、燃える家を背にして仁王《におう》立ちになり、その家の主人を引き裂いているところだった。

生温かい血で全身を染めた彼の目は、笑っているようにさえ見える。

——隊長！　村長《むらおさ》が……。

隊長は駆け寄った若い隊員の声に驚いてみせた。

——何、あれは長か？

隊長はこみあげる笑いをぐっとこらえ、自分に対抗していた穏健派の村長の腕がもがれるのを眺める。

邪魔者が消えた。

彼は、蒼ざめて金目を遠巻きにする人々を制し、両手を広げた。

——長が死んでは仕方がない。これより私が代行する！

——あれは化けもんの仲間なんですか？

——わからん。今まで見たことのない化け物だ。人の姿をしている。リュクティ様が来るまでへたに手を出すな。

金目に手足をもがれた村長が棒切れのように捨てられた。甲冑の指先は、足元で失神していた長の女房の肩をむんずと摑んで吊り上げる。

首と肩を持って一気に裂く。新たな血が噴き上がった。

金目は嬉しそうに血しぶきを浴びていた。

——こんなことなら、隊長のおっしゃる通りリュクティ様に貢《みつ》ぎ物をしておけば……。

——今からでも遅くはない。

隊長は、震える村人にそう言った。

すべてが彼の筋書き通りだった。

もうすぐ、化け物を追い払うために守護神リュクティが現れる手はずになっていた。そして金目は敗走し、村人はリュクティの力にひれ伏す。それは、リュクティへの崇拝を求めてきた彼が村長になる時でもあった。

金目は、高々と女の死体をふりかざしていた。甘い香りのせいで興奮している。狩りを楽しむためだけに殺す、猛獣のようであった。

そのとき——。

〝やめて……〟

熱くなった金目の心に、細い女の声が響いた。

〝やめて、騎士さま。そんなひどいこと……〟

かすかな風に乗って、少女の声は金目に届く。

が、彼は気にとめなかった。女の腹にズッと手を入れ、肉を開こうと力をこめる。彼にはひ、どいという気持ちが理解できない。

だが、少女の声はなぜか金目をいらだたせた。

掲《かか》げた女の体から内臓がたれ下がった。

〝やめて、お願い。かわいそうよ〟

少女の声は悲痛だった。

かわいそう？

金目はやっと手を止めて周囲を見まわした。

かわいそうとは、何だろう。

見渡しても、声の主はいなかった。ただ、遠巻きにした村人たちの恐れおののいた顔と、急に動きを止めた金目を訝《いぶか》しがる隊長の顔だけがあった。他の者には少女の声が聞こえないのか、村人たちの瞳は金目に向けられ、憎しみと、非難と、悲しみを訴えていた。

血に飢えて猛《たけ》り狂っていた金目の胸が、すうっと冷えていった。

何かを思い出しそうだった。

考えると、頭の芯《しん》がうずいた。

〝かわいそう。騎士さまもかわいそう〟

俺も——？　かわいそう……？

ひどい。かわいそう。それは大事な言葉だったような気がした。人が人らしく生きるための、大事な——。

金目は、骨の見える女の死体をどさりと取り落とした。

彼は血でぬるぬるする手をじっと見つめた。細い渦が描かれた固い指。人間の手ではなく、造られた殺人鬼の手だった。

「俺は、いったい……」

怯《おび》えたような金目の声に、隊長の眉が曇《くも》った。操り人形であるはずの男が、筋書きにない行動をとり始めたのが信じられないのだ。

金色の瞳が苦しげに細められ、足元の死体を映した。夕方まで、喋り、笑い、食事をしていた夫婦が、今、肉片と化している。歓びさえ感じながら、自分は人間を殺したのだ。何もわからない状態で、ただ主人の命令をきき、いとも簡単に殺人を犯したのだ。殺傷の道具として自分を化け物の姿にした、主人の言うがままに。

「俺は——」

両手で兜を押さえ、金目は叫んだ。

「おお、おおお……」

啞然とする隊長の前で、騎士姿の夜の化け物は狂ったような勢いで家々の屋根へ飛び上がった。

――隊長、逃げます！

――あ？　ああ……。

筋書きの思わぬ狂いに、隊長は金目の叫び声が遠ざかる方角を呆然《ぼうぜん》と見送っている。

が、それも一瞬のことだった。

霧のたちこめる空から、

――どうしました。

と、低い女の声が訊《たず》ね、隊長は背筋が凍った。

ばたりばたりと翼の音がする。頭上に浮かぶ銀色の双眸《そうぼう》に、人々は一斉にひれ伏した。

縦長の瞳孔《どうこう》をもつ爬虫類《はちゅうるい》の瞳は、追い払うはずだった金目の姿を探している。

この地方の守護神、リュクティが人々を救うために降臨したのだった。

――化け物が出たのですが……。

――で？

隊長は口籠った。

——逃げました。

——もう？

空中に浮かんだ銀の目が、きろんと隊長を睨んだ。彼が答えられずに顔を伏せると、守護神リュクティは計画が狂ったのを察して慌ただしく舞い上がった。

森の中から断末魔の鳴き声があがった。

リュクティが駆けつけた時には、すでに一匹の化鳥が翼をもぎとられた無残な姿で息絶えていた。

その腹部にあいた丸い穴。

——取りこんだのか？　仲間を？

リュクティは犬そっくりの顔で呟いた。

——殿のお言いつけに逆らうなど……金目、いったいどうしたのだ。

I

キヌーヌの森は深い。霧が重くたれこめ、灰色の世界は昼だとは思えないほど暗い。行けども行けども、立ち枯れた木々が幽鬼のごとく霧の中から浮かび上がっては、霧の中へと消えていくだけだ。南に突き出した半島のほとんどは森に占められているが、七つの村は西側の海岸べりと北の内陸部に点在しているだけなので、森を貫《つらぬ》く小径《こみち》はなく、人影もない。

金目《キンメ》は丸二日、あてもなく霧の森をさまよっていた。

彼は何度も何度も、血のついた自分の甲冑《かっちゅう》を眺めては立ち止まった。甲冑は少しも輝きを失わず、黒と銀の線は美しく渦巻いて光っている。が、かつてそれを美しいと言われたことすら、金目には苦痛だった。

血糊《ちのり》ごと甲冑を脱ぎ捨ててしまいたいのだが、それはできない。コブオオカミの固い毛皮、角蜘蛛《ツノグモ》の外殻と同じく、甲冑は化け物として造られた金目の皮膚であった。

以前は、普通の男だったような気がする。しかし、いくら考えても昔のことは何一つ思い出せなかった。

金目の主人――人としての魂と体を自分から取り上げ、誰からも愛されない殺人鬼として操った男、名を呼ぶのも汚らわしいパナードという男は、大いなる野望を抱いている。それが具体的にどんなものなのか、パルの村が緒戦であった金目には知らされていない。

金目は悔しかった。その男の野心を満たすために過去を奪われ、人を殺してしまったのだ。恐ろしいことに……平然と。

金目の脳裏には、自分を化け物として見るパルの村人たちのおののいた顔が焼きついていた。そして、これからずっと殺人者の汚名を負い、そんな目で見られるのかと思うと、自分の足元が音をたてて崩れていくような不安を感じるのだった。

二日たって、不安は言いようのない怒りに変わっていった。

自分を作った男にかなうはずもないが、この恨みを少しでも晴らして死のう。彼に造られたこの体と争いを好む心で主人に歯向かうことが、失っていた人間らしさを証明する唯一の方法に思えた。

化け物の姿をして、化け物たちの主人に立ち向かう――孤独な戦いになりそうだった。

パルの村で金目に〝かわいそう〟と言った少女の声は、こういう運命を見透かしていたのかもしれない……。

金目は今、ギーンの村を目指して霧の中を進んでいた。ギーンは西海岸の村でキヌーヌのほぼ中心に位置している。

そこには二つのものがある。

一つはキヌーヌ地方の守護神リュクティの巨像が建設されているということ。

もう一つは、キヌーヌ七村のまとめ役、ギーンの村長《むらおさ》グッチンがいるのだ。赤ら顔で脂《あぶら》ぎったグッチンには、主人の館で一度会っていた。

まずはそこから――。

金目は、塩害でしなびた細い枝を払って前方を見つめ、おや、と思った。

霧が少し薄らいでいる。混みあった木々の向こう側が、ほんのりと明るい。そこからはかすかな水音さえ聞こえてきた。

滅多《めった》に晴れない霧なのに――。

塩を含んだ霧もまた、パナードが作り出したものなのだ。彼の館の、千人は入れるほどの大広間から霧は生まれていた。大広間には海水を吸い上げて霧を吐く不定形の化け物がいる。霧は、化け物の仲間を隠したり、作物を枯らして村を飢えさせるための手段であり、そうそう止められはしないのだ。

せせらぎの音が、さらに強まる。人の耳には捉えられない大きさだが、金目にははっきりと聞こえていた。ゆるやかで暖かい風が兜《かぶと》の前面をなぶって過ぎていく。風は陽だまりと干し草の匂いを含んでいた。

金目は惹《ひ》かれるようにその音を追った。

ゆるやかな起伏をいくつか越えるうちに、樹木がまばらになったかと思うと、いきなり目の前が開け、金目は目をしばたたかせながら立ちつくした。

圧倒的な陽光が、目の前の緑の草原を白く輝かせている。そこは円形の美しい野原だった。百歩ほどで横切ることのできる草原の中央には一軒の森小屋があり、その横に涼しげに流れる小川が銀の帯のように野を貫いていた。

金目は、ふっと力が抜けるのを感じた。

突然、小屋の扉がばたんと開いた。

「騎士さま！」

「！」

金目は三十歩ほどの距離を一気に飛びすさった。野原の縁に生えた灌木《かんぼく》の茂みに身を潜《ひそ》め、そっと様子をうかがう。

小屋を背にしているのは少女だった。きょろきょろとあたりを見まわし、金目の姿を探している。穀物袋《ドンゴロス》に穴をあけただけの服を着た少女は、乞食《こじき》同然だった。黄色い髪は土で固まり、房のようになって背に垂れている。すり傷やかさぶたのある手足は小枝のようだった。

十歳――ぐらいだろうか、と金目は考えた。森の奥深くで一人遊びをする年齢《とし》ではない。追っ手の仕組んだ罠かもしれなかった。

多少疲れているとはいえ、金目の鋭い感覚がこの子の気配を捉えられなかったのは奇妙なことなのだ。彼は息を潜めて少女を凝視した。

少女は紫の瞳をめまぐるしく動かしていたが、やがて、

「どこ?」

と呟き、目を閉じた。

とたんに、金目のいる灌木の茂みの周りをつむじ風が襲った。

風が自分の位置を知らせた?

「何だ」

思わず言った金目のもとに、顔を輝かせた汚い少女が駆け寄って来る。

金目は観念して、のっそりと立ち上がった。

平坦な草地で向かい合うと、少女は金目の腰ほどしか背丈がない。彼女は全身を甲冑の渦で覆われた、顔さえ判らぬ大男をにこにこと見上げて、

「騎士さまね」

と、歯を剝《む》いて笑った。

金目はそういう呼び方に思いあたった。パルの村で、確か……。

「何者だ」

少女はきらめく瞳で見上げたままだった。その笑いは、年齢を考えに入れても、見知らぬ異様な男に向けるにはあまりに無防備に思える。

「パルの村で俺を呼んだか?」

少女は、キョトンとしている。そこだけは汚れようがなかったのか、紫の瞳が陽の光に輝いていた。

少女がまた、にいっと笑う。

「——そうか」

金目は低くつぶやいた。

少し頭が足りないのだ。泥だらけの身なりと無垢《むく》な瞳もそれで説明がつく。問題は、自分を騎士と呼ぶこの少女がパナードの仕掛けた罠なのかどうか——。

金目は微笑みかける少女に、ついと背を向けた。

「だめ!」

埃《ほこり》をまき散らして激しくかぶりを振った少女が、金目の前に立ちふさがった。

「だめよ、騎士さま……」

彼女は小さな手をそっと伸ばし、甲冑の腹へ頰を寄せた。

「行かないで……」

金目は少女を軽く押しのけて去ろうとした。この笑顔が本物だとしても、戦いを決意した彼には人を巻きぞえにする気はないのだ。

突き放された少女は、騎士の冷たい態度に小首を傾《かし》げた。

「一人ではギーンに入れないわ」

金目はぞっとした。

何かある。だが、少女からは怪しい気配は感じられなかった。むしろ、この野原そのものと同じで、違和感は穏やかさのせいだった。とても敵とは思えない——付き合って正体を見届けるべきなのだろうか？　困惑する金目の手に少女はもう笑顔を見せて腕をからめてきた。

小屋の中は薄暗く、がらんとしていた。床板さえない剝き出しの土の上に、たっぷり埃を吸った毛布がくしゃくしゃに放ってあった。木の椀《わん》は食べかすをこびりつかせたまま転がっている。手つかずの皿には木の実や肉が盛ってあった。

胡坐《あぐら》を組んで座った金目に、少女は木の実を一つ、つまみ上げて差し出した。

「いらん」

「うそ。お腹空《す》いてる」

かつん、と甲冑の胃のあたりに木の実が押しつけられた。

「ここから食べるんでしょ？」

「——なぜ判る」

金目はうめいた。

甲冑の腹には、腹筋の形に亀の甲のような腹覆《おお》いがあった。黒と銀の渦はそこだけ規則正しく巻き、六条の線となって集まっている。そしてその場所こそ、少女の言う通り、金目が食べ物を摂《と》る口だったのである。

「食べるとこ見られるのは嫌？」

にっこり笑いかける顔は無邪気だった。

「お前――何者だ」

「シエラ」

少女は自分の名を、ゆっくり大事そうに発音した。

「なぜ俺のことが判る」

「私の騎士さまだからよ」

「風は――風を自由に扱えるのか？」

シエラは可愛く首を横に振った。

「私と騎士さまの味方なのよ、きっと」

「風が？」

「うん」

話にならない。

「もう一度訊く。どうして俺が腹から食べることや、ギーンへ向かうことを知ってるんだ」

シエラは紫水晶のような瞳を瞬《またた》かせ、ちょっと困った顔をした。

「騎士さまだか……」

言葉半ばで、彼女はついと横を向いた。

「どうした」

シエラは片隅に丸められた毛布をじっと見つめて、答えなかった。汚れた横顔が緊張している。口が次第に半開きになり、よだれが垂れた。

毛布がごそりと動く。

「野ネズミだ。心配ない。それよりも――」

金目は言ったが、少女は聞いていなかった。

「ネズミが怖いのか？　俺はどうだ？」

シエラは見向きもしなかった。

「言うんだ！」

突然、シエラが奇声を発して飛んだ。毛布のささくれた端から顔を出したネズミに、まるで猫のように手から飛びかかり、そのまま顔を埋め――食べだした。

がりがりと骨を砕く音と、血の匂いが小屋に充満した。

「腹が減ってたのはお前のほうか……」

驚きを通り越して、金目は呆《あき》れた。

ネズミを喰うなど、いよいよ普通ではない。

金目はすっと右手を挙げ、こぶしを握った。と、手の甲から、一本の細い銀の刃がすらりと伸びた。

甲冑に秘められていたその鋭い剣を、金目は後ろ向きのシエラに向け、殺気をこめて二度振った。

シエラは一心不乱に食べ続けている。

あからさまな殺気に反応しないほどの間抜けを送りつける敵ではない。金目を捕らえるのなら、それ相応の化け物が追って来るはずだ。

ではどうしてこれがわかったのだろう。

金目は木の実を拾いあげ、自分の腹へあてがった。鎧《よろい》の腹は六本の線に沿《そ》ってぱっくり割れ、瞬く間に木の実を呑んだ。

急に空腹感が襲って来て、金目は皿をとりあげて一度に腹の穴へ流しこむ。

金色の瞳が満足げに瞬いた。

「化鳥《ケチョウ》をとりこんで以来、か……」

まだネズミを嚙む音が続いている。

「俺は食うなよ。固いからな」

金目の笑いを含んだ声は眠たげで――貝の色をした騎士は、開け放した戸と壁の間の暗がりで目を閉じた。

休める時に休む。強大な者に立ち向かうためには、それも大切な準備の一つであった。

近付く気配が金目の浅い眠りを破った。

金目はゆっくり目を開いた。

気配は人間のもののようだ。

「大丈夫。ラチータよ」

発していない質問に答えが返る。

シエラが、水浴びをすませて小屋の中央に立ち、長い髪の水を切っていた。

「私に食べ物を運んで来てくれるの」

跳《は》ね上げ窓からの光に照らし出されたシエラは別人のように見える。汚れを落とした顔は桃色に輝き、髪は黄色い絹糸のようだ。濡れた服の裾をきゅっと絞ると、シエラはくちゅんと小さなくしゃみをした。

金目は、乞食のような姿から見違えるように小綺麗《こぎれい》になったシエラをまじまじと見ていた。

彼女には、もはや狂気は感じられない。自分に歯を剝いて笑った汚い子供とはまるで違う。大人っぽく見えるし、背さえ伸びている気がした。二時間あまりの間に成長するわけはないのだが……。

それに、シエラが水浴びをする時、なぜ自分は目を覚まさなかったのか。気を許したわけではないので、彼女が動けば当然気付くはずだった。

シエラは、きちんと畳んだ毛布の上に洗った椀と皿を置き、自分もちょこんと座ってにこにこと金目に笑いかけた。笑顔は陽だまりそのもののように暖かく穏やかで、金目は問い詰めるきっかけを失ってしまった。

自分が目を覚まさなかったのは、この穏やかな雰囲気のせいかもしれない、と金目は思った。まるで森や太陽の一部が人の姿をとっているかのように、シエラからは人間臭さが漂《ただよ》ってこないのだ。

軽やかに草を踏み、気配が近付いてきた。金目は音もなく立ち上がって戸の後ろに身を隠す。土間の四角い光の中に人影が現れて言った。

「リトル、めしよ！」

威勢の良い娘の声は、そのあとに「あれ？」と続けた。

影は少しためらい、やがて小屋の中に入ってくる。赤茶けた短い髪の後ろ姿は、スカートを穿《は》いていなければ少年と見間違うところだった。

粗末な半袖の上着から、よく灼《や》けた長い腕が出ていて、いい香りのする皿を持っている。

娘は、こわごわとシエラに近付いた。

「……あんたどうしたの？　誰に体洗ってもらったの」

きっちり重ねられた椀と、にこにこするシエラを見ながら、村娘のラチータはシチューの入った皿を壁ぎわに置いた。

「まさか、イタズラされたんじゃ……」

周囲を見まわすラチータが、戸口で光る金色の目を見つけて硬直した。

次の瞬間にはもう、ラチータは固いもので口をふさがれ、身動きがとれなくなっていた。

村娘の胴と口を押さえた金目は、彼女の鹿のような脚に蹴られても微動だにしない。

後ろから抱え上げられた格好のラチータに、シエラは笑顔のままゆっくりと近付いた。

「落ちついてね、ラチータ。怖くないのよ」

シエラは囁《ささや》きかけ、あやすようにラチータの小麦色の腕を撫でた。

「ね、大丈夫。この方は私の騎士さまなの」

金目の腕の中でラチータの動きが止まった。

甲冑の掌《てのひら》を口元から離すと、彼女はやっと言った。

「リトル――あんた、喋《しゃべ》れるの?」

ラチータは、シエラの言った通り、ギーンの村から彼女に食べ物を運んで来た、ただの村娘だった。
十七、八に見える彼女は、シエラをリトルと呼んでいた。リトルは口もきけない狂女《くるいめ》で、人が食べないゴミや虫を平気で口にする下手物《げてもの》喰いの子供であった。みなしごのリトル・シエラには、身のまわりの世話をしてくれる者もいない。いわば厄介払いの形で、森小屋に一人で住まわされているらしい。

それらのことは、金目が説明を求めたわけではなかった。ラチータが、くるくるよく動く瞳でシエラを見ながら、首をひねったり手を叩いたりして、一方的にまくしたてたのだ。

昨日まで泥にまみれ、一言も口をきかなかったリトル・シエラが、身なりを整え、正しく言葉を選んで話せるようになった理由を考えるために、喋りながら自分の頭の中を整理しているらしかった。

「堪忍《かんにん》しとくれよ。村が豊かでみんなのんびりしてりゃ、こんなことしなくてすんだんだけどさ……。あいかわらずの塩害で畑はパーだし、夜のバケモン相手に寝ずの番やら、守護像の建設やらで、あんたのことまで手がまわんないんだよ。下手物喰いしてるあんたを見てるとイライラしちまうって、みんなそう言うし」

「この忙しいのにこの子のことまでって思うのね」

ラチータは膝をぱちんと打って嬉しそうに言った。

「そ! あんた、ホントにバカが治ってきたんだねえ」

金目は村娘の様子に、ひそかに安堵《あんど》した。

パルの村で金目が行なったことはまだ噂《うわさ》になっていないようだ。

「でもさ、なんで急にバカが治ったんだろうね。いや何、めでたいことなんだよ。賢くなってなんだか大人っぽくなっちゃってさ、顔つきなんか別人みたいだし――ただ、どうしてなのかなって思って」

腕組みしたラチータに、シエラが答えた。

「私、早く大きくならなくちゃいけないの。騎士さまにも会えたし、あとは私が頑張らなくっちゃ。森や自然が、そう言ってるの」

ラチータの眉が急に曇《くも》った。

「――治りきったわけじゃないのね……」

「狂ったふりをしていたのか。それとも化け物の仲間か」

一人離れて壁にもたれていた金目が低く呟くと、ラチータは不安そうな顔を向けた。声が掠《かす》れている。

「じゃ……あんたは何だっていうのさ」

金目は兜の中で薄く笑った。

「俺はギーンのグッチンに会いに来ただけだ」

「グッチンって、村長のグッチンかい？」

「奴の他にも、姑息《こそく》で汚い寄生虫野郎のグッチンというのがいるのか？」

ラチータは目を丸くした。

しまった。金目は後悔した。

ギーンの村長グッチンは、本性はどうあれ、村人にとっては立派な人物なのである。彼は、守護神リュクティを呼び連れた名士として、キヌーヌ地方に名を馳《は》せているのだ。犬の頭、鱗《うろこ》の肌、竜の前脚、馬の下半身、コウモリの翼を持つ女神リュクティは、そのおどろおどろしい姿とは裏腹に、化け物たちから村を守ってくれる存在だった。今やグッチンの力は強大であり、リュクティ像の建設が着々と進んでいるのはその証《あかし》であった。

その彼を金目は寄生虫呼ばわりしてしまった。何も知らない村人に自分が怪しまれるのは得策とは言えない。

ラチータは見開いた目をきらりと輝かせた。不信ではなく、喜びの輝きだった。

「あんた、グッチンが嫌いなのかい？」

「――だったら？」

しばしの沈黙の後、ラチータは、ふっと笑った。

「いい心がけだけど、人前では言わないことね。みんなリュクティ様と同じようにあいつのこと崇《あが》めてるから――あんた、祭りに来たのかい？」

「祭り？」

「そ。守護像が完成間近なんでね。リュクティ様に媚びることに関しては、天才的。ほんとに悪賢いったらありゃしないわ」

ラチータは吐き捨てるように言ってから、こほんと小さく咳払《せきばら》いした。

「像はもうあらかた形ができて、あとは鱗にするアオヒカリ貝を貼りこんだり、爪に石を嵌《は》めるだけなんだけど、ちっとばかり遅れててね。明日の祭りで人寄せするのさ」

「人寄せ?」

「ええ、そう。飴《あめ》と鞭《むち》ってやつ。露店は出しほうだい、見世物小屋も来るってんで、みんな各村からウキウキ集まって来るわよ。なんせ楽しみが少ないから。でもそうやって集まった人たちはそのまんま像の作業にまわされるってわけ」

「なるほど、よく考えたものだ」

金目の相鎚に、ラチータはまた笑みを見せた。グッチンを悪く言うと嬉しいらしい。

「で、あんたはグッチンに何の用だい?　見世物小屋の人かい?　そんな綺麗な鎧着ちゃって」

金目は、それには答えなかった。

「祭りか。何かあるな」

「何かって、化け物のこと?　大丈夫だよ。なんせ守護像のための祭りだもん。あれを作り始めてからはギーンに化け物はやってこなくなったし。リュクティ様の像がある限り、何も起こりゃしないよ」

「――本当にそう思うか」

「え?」

自分勝手にまくしたてていたラチータは、広げていた手をぴくりと止めて、表情の読めない金目の兜を見た。

金色の瞳がぎらついている。

「あ、あたし……なんかマズイこと言った?」

その時。

戸外の明るい草原を黒いものが斜めによぎった。鷹《たか》ほどもあり、夜よりも黒いそれは、二度三度と穏やかな草原の景色をナイフのように切り裂いた。

来たか。

金目はすっくと立ち上がった。右手のこぶしを握ると、甲から白刃の剣がしゅっと音をたてて飛び出した。

「え?」

いきなり手から生えた武器にラチータが声をあげたのと、跳ね上げ窓から躍りこんだ黒い塊《かたまり》が彼女に牙を剥き出したのとが同時だった。

鳥の口ではない。赤黒い洞《ほら》のような口は獣そっくりだった。黄色い不揃《ふぞろ》いな歯がラチータに襲いかかる。

「きゃ……」

ラチータは手で顔をかばった。

間髪を容れず、空気を裂く音がして、温かい飛沫《しぶき》が彼女の褐色の腕にかかった。

金目に斬られた獣が、ラチータの耳元で悲鳴をあげた。

それにかぶさる騎士の声――。

頭を抱えたラチータは、その声とともに金目が跳ね上げ窓の突っかえ棒を叩き落とした物音を聞いた。続いて戸が乱暴に閉まる音。

小屋の中に闇が降りた。

ばたばたという羽ばたきが、小屋の外へ出た騎士を迎えている。翼の音は五つ、六つ？　いや、もっと多いだろうか。ぐるぐる小屋の周りを飛び、奇声をほとばしらせていた。

ラチータの腕に優しく触れるものがあった。

震えながら開いた鳶《とび》色の瞳に、にっこりするシエラの顔が映る。

「じっとしてれば大丈夫。騎士さま、そう言ったでしょ」

そうだった。騎士姿の男は出て行きしなにそう言った。格好に似合わない優しい声で確かにそう……。

正体のわからぬ生き物が断末魔の悲鳴をあげて屋根にどすんと落ちた。

「きゃあ！」

再び目をつむったラチータは、外で叫ぶ騎士の声を聞いた。

「やめろ！　お前たち雑魚《ざこ》に恨みはない。操られているものは殺したくないんだ！」

そしてまた羽音、死の叫び、屋根の軋み。

小屋の暗がりの中でラチータはひたすら恐怖と戦った。

――どれくらいそうしていたのか。

ぎゅっと閉じた目蓋《まぶた》に光が透《す》けた。

甲冑の騎士は、陽射しを背にし、たくましいシルエットとなって戸口に立っていた。

奇妙な彼の姿を、ラチータは放心したまま眺めた。

騎士の頭に、角があった。いや、よく見るとそれは兜の額から突き出た剣である。両手の甲から出ている剣はぽとぽと血のしずくを土の上に落としていた。それだけではない。胃のあたりには短く太い剣が前に突き出し、爪先にも、膝にも、肘にも同じ武器があった。

血の匂いとともに近付く彼は、腹の剣に串刺しになっていた黒い塊を投げ捨てた。十本の剣が、すっと消える。甲冑の中へ武器を引いた彼は、ラチータに右手を伸ばした。

ラチータはびくんと体を動かした。

騎士がすまなそうに手を引く。固い甲羅のような手には、もう一色の渦模様のように血が付いていたのだった。

「もう叫ばなくていい――」

ラチータはその時初めて、喉が痛いのに気が付いた。ずっと声にならない悲鳴をあげ続けていたのである。

「怖がらせたな。すまん」

騎士はくるりと背を向けた。つっけんどんなもの言いに「大丈夫」と言った時の優しさはない。

「水を浴びてくる」

広い背は、戸口を出た。

「騎士さま、お強いでしょ、ラチータ」

あどけない表情でリトル・シエラがぶら提げている死体を見て、ラチータは息を呑んだ。ゴムのようなコウモリの翼が扇状に開き、身の締まった馬の後ろ脚が力なく垂れている。最期の叫びを張りつかせた犬の顔が、ぐらんとラチータのほうへ首を向けた。

「それ……リュクティ様の下僕《しもべ》――」

守護神リュクティのミニチュアとも言えるその生き物が、貢ぎ物の催促《さいそく》や伝令としてグッチンの家へ飛んで行くのを彼女は何度も見ていた。

「村を守って下さる守護神様の下僕がどうしてあたしを襲ったんだろ？　あたしじゃなくてあの人を、かしら。グッチンのこと嫌ってるから襲われたとか。でもあたしのこと助けてくれたしそんなに悪い人じゃないみたいだし……」

喋りながら考える癖を持つラチータは、ぶつぶつ呟きはじめた。

冷たく澄んだ水で甲冑を洗い終えた金目は、所在なげに小川の縁《へり》へ腰を下ろした。

「さて、どうしたものか」

村娘が守護神の下僕を知らぬわけはない。それを殺してしまったのだ。甲冑から剣が飛び出す異様な男が、である。

困ったと思いながら、金目は後悔してはいなかった。人殺しの化け物である自分が娘二人を救えた。それで満足なのだった。

かすかに草を踏む音がして、シエラとラチータが金目に近寄って来た。

「騎士さま、ハイ」

シエラは汚い毛布を差し出す。

「なんだこれは」

「その鎧を脱いでかぶるんだよ」

ラチータが威勢よく言った。

「これは……脱げない」

「どうして?」

「脱げないんだ!」

ラチータは飛び上がった。金目の瞳が辛《つら》そうに細められている。

シエラ一人が、平気な顔をしてラチータの服をつんと引いた。

「だから私が言ったのに。いいの、騎士さま。すっぽりかぶって」

「何のためだ」

ラチータが気を取り直そうと息を深く吸った。

「あんた村へ来るんだろ？　その格好じゃちょっとばかり目立ちすぎるからね。みんな口うるさい連中ばっかりなんだよ」

「しかし……」

「何のんびりしてんだい。グッチンに会いたくないのかい？　こんな事故に遭《あ》ってさ」

「事故？」

「そお！」

ラチータは大げさに手を広げた。

「あんた都から来た騎士なんだろ？　グッチンに会うってことは村の用心棒にでも雇われたんだね――いや、ちゃあんと判るんだってば。とにかくリュクティ様の下僕に襲われたってのは事故だよ。ね、リトル」

ラチータの言い方は、そういうことにしておくんだよ、と口裏合わせの命令のように聞こえた。心中をはかりかねた金目が見つめると、彼女は視線から逃れるようにシエラの頭をはたいた。

「あんたも喋れるようになったんだから村へ連れて帰るけど。もうゴミ漁《あさ》りなんてするんじゃないよ。それでなくてもオカシイって看板はなかなかはずしてもらえないんだからね」

リトル・シエラはぷっと頬をふくらませた。

「そんなこと判んないわ」

「何が判んないのさ」

「食べたいっていうの、我慢できないの」

ラチータはむっとして腰に両手をあてた。

「ウチではお腹いっぱい――できるだけ――食べさせるわよ」

「違うの。何でもいいってわけじゃないの。食べ物のほうが、食べてくれって私のことを引っぱる時があって……それを食べると少しずつ賢くなれるの」

ラチータが吐息をつく。

「リトル……」

「私、リトルじゃないわ」

リトル・シエラはラチータの胸にしがみつくようにして真剣に訴えた。

「私はシエラよ。妖精伝説を伝える巫女《みこ》、シエラよ」

ラチータは、どんとシエラを突き飛ばした。

「よ、妖精伝説なんて！　そんなこと口にするヤツは村へ連れてけないね！　妖精伝説はグッチンの悪口と同じように禁句なんだよ」

金目は、わけが判らず、毛布を持ったまま二人のやりとりを見ていた。

その彼をシエラが困った顔で見上げる。

「ラチータ。言わないでいれば、私と騎士さまを村へ連れてってくれる?」

「……ああ、いいよ」

ラチータが小さく言った。

「じゃ、言わない。でも——お願い。私の名前だけは……」

「判ったよ。よく判んないけど判った。そんなに睨まないでよ、シエラ」

名を正しく呼ばれ、シエラは一変して輝くような笑顔になった。

「これだもの……あー、早く残りのバカも治るといいわねえ」

ラチータは赤毛の髪を少年のようにガリガリ掻いた。

明るい草原を出る時、シエラは一度振り向いて「行ってきます」と元気に言った。

毛布をかぶった金目は、その時確かに、草が不安そうにざわめくのを聞いた。

「巫女は——魔力があるのか?」

突然小声で訊かれたラチータは、やはり小声で、シエラに聞こえないよう答えた。

「あるわけないだろ」

「しかしこの野原だけ霧がない」

「それは……あたしにもよく判んないけど。なんでも陽のあたるところでは地面がぬくもって風が生まれるんだってさ。風は霧を払うよね。魔力じゃないことは確かだよ。あの子の母親も何にもできないただの狂女《くるいめ》だったし」

「母親もか」

「ああそう。下手物喰いのね。ものすごい美人だったけど、あの子を産む時に死んじまったんだよ。父親は判らずじまい」

金目は小屋でラチータが「イタズラされたんじゃ」と言ったことを思い出した。

「村の人の話じゃ、その前の代――つまりリトルのお婆さんね――も同じだったんだって、何て言ったっけ、ええと……女系家族？　頭のおかしい美人が娘産んで死ぬってのを繰り返してんだよ」

「狂女が代替りで生まれ続けるのは神がかりというわけだな。それで巫女か」

ラチータは、うーんと首をひねった。

「それだけでもないんだけどね。残された娘は別の名前を付けられても、ちっと大きくなると必ず自分はシエラだって言い張るし、森や海にいる妖精の言葉が判るってんだ。たしかに時には風向きを教えたり天気を当てたりしたらしいけど、それだけさ。霧を晴らしてくれるわけでなし。自然の中に住む妖精の話を聞けるなんてホントに冗談じゃないよ」

ラチータは少し前を行くシエラの後ろ姿に目をやった。うっすらと霧に覆われた少女は枯れ

た木の幹を撫でたり、湿った落ち葉を爪先で掘り返したりしながら、

「かわいそうに」

と繰り返し呟いていた。

枯れ枝や朽ち木の目立つ森には獣や鳥の姿もなく、しんとしている。シエラの言葉だけが死につつある森の中でぽつんと響いた。

昔はキヌーヌの森も豊かだった。森は実をたわわに結び、海には銀鱗が湧きたっていた。半島の付け根にあたる北方は〈牙の荒れ地〉と呼ばれる白い岩地で、その岩は踏むと刃のように鋭く割れる。それでも以前は都の隊商は海路や遠まわりの道を通ってよく辺境のキヌーヌまで来ていた。それだけ魅力的な土地だったのである。

今は、百年前のキヌーヌの美しさを知る隊商がやって来ても、落胆してすぐに引き揚げてしまう。塩の霧、いつ襲って来るかしれない恐ろしい化け物、荒れた土地、漁に出られない海、枯れた木々——豊かだったキヌーヌの面影はどこにもないのであった。

右手の木立の向こうに、一段とわびしい風景が見えてきた。粘性の強い樹液を絞り尽くされて立ち枯れた〝糊《のり》の木〟である。リュクティ像には大量の海砂とそれを固める糊の木の樹液が必要なのだ。

「かわいそうに」

立ちつくすシエラの手をラチータはぐいと引いた。

「言ってもしようがないことは言わないの！」

そう、しかたがないのである。キヌーヌの各村では豊かだった頃の昔話をすることは禁じられていた。豊かさはもう叶わぬ夢でしかないし、夢は夢、現実を一層辛くさせるだけなのだから——。

森を抜けると萱《かや》の生えた小高い丘が南北に横たわっていた。丘の向こう側がギーンの村である。

うっすら煙《けぶ》る霧が夕日で橙色に染まっていた。鉛色の海を背景に村が見える。獣よけの柵《さく》に囲われた村は、小さな家が百五十戸ほどごちゃごちゃと集まり、板葺きの屋根を寄せあっていた。

シエラは手を広げ、丘の上から村を、海と空を抱きとめているように見えた。

「騎士さん、見えるかい」

ラチータは、ひしめきあった家々の中、一軒だけ屋敷の構えをした家を指さす。建物は石造りの二階建てで、他の家屋の十倍ほどの広さがあった。

「あれが長の住むところ。あたし、あそこで産まれたんだ」

ラチータの声は少し寂しげだった。

「あれ、何？」

シエラが集落の北側を指さした。

そこは大きな広場だった。小さな民家なら三百は建つだろうか。その広場の北の端、今立っている丘が海へ向けて曲がっているあたりを背にして巨大な土の山があった。

「あれがリュクティ様の守護像になるんだよ」

「これほど大きいとは……」

金目は初めて動揺を見せた。

山の周囲には作業用の足桁《あしげた》が桝目《ますめ》に組んである。一段が長の屋敷の一階分ほどの高さだ。それが二十一、二段……まさに雲をつくようであった。よく見ると山はリュクティの座像の形をしていた。北側は、丘のふもとへ向けてなだらかに盛られている。背から尾へ続くたてがみの流れらしい。南は急な斜面で女神の前面となる。巨大なリュクティは村を見下ろすように座っていた。馬に似た逞《たくま》しい後ろ脚を折り、竜の前脚が左右の膝の上に置かれている。女性の守護神らしく張り出した胸の上で、ぴんと耳を立てた犬の頭が優しげな表情で村を見守っていた。

作業を急ぐ村人が二百人あまり足場に登っている。半ば広げたコウモリの翼へ砂を塗り重ねている者もいれば、人の背丈を超える後ろ脚の爪にとりついて、寸法を計っている者もいた。

遠目に見ても、村人たちの熱心な様子は伝わってくる。

「立派なもんだろ？　おかげで化けもんは寄りつかなくなったし。グッチンも一生に一ぺんはいいことするみたいだね」

ラチータは少し誇らしげに言った。グッチンに対して何かを心に持つ娘も、守護神は崇拝しているらしかった。

「あれ、糊の木の汁で固めてあるのね」

シエラが像から目を離さずに訊いた。

「そうだけど……」

「海から砂を取って来たのね」

「そうよ。何で知ってるの」

ラチータは怪訝《けげん》そうに、かがみこんでシエラの顔を覗いた。

「小さなお魚の死体とかも入ってるのね——かわいそうに」

「リトル！　守護像をそんなふうに！」

シエラは静かに言った。

「私はシエラよ。海の底を変え、糊の木をたくさん殺して——女神さまは喜ぶのかしら」

「あんた、村でそんなこと言ったらどうなると思うの！」

ラチータの褐色の手が、シエラの白い頬に飛んだ。

「あ……ごめん、つい——」

シエラは叩かれた頬に手をあててきょとんとしている。ラチータはシエラの肩に優しく手を置いた。

「リュクティ様と——グッチンさんの悪口は言わないことだよ。それと、下手物喰いはしないこと。そうすりゃ、もうあんただって喋れるんだし、村の中で暮らせるさ」

女神と村長。強いものに歯向かうなというラチータの言葉は、金目の中で別の意味になっていた。予想を遙かに超える大きさの像と、守護神への信頼の厚さ——それを知って、金目は改めて敵の強大さにぞくりとした。

像の建設を陰で指図しているのは、金目の憎む元の主人なのだ。彼は無駄なことは一切しない。守護神像にも何か目的があるはずだった。村人は何も知らず、ただ働いている。自分自身を取り戻す前の金目と同じように、闇の手によって操られている。

化け物を生み、巨像を建てて大きな企《たくら》みを進めている男に、果たして自分は立ち向かっていけるのだろうか——。

「やってみるさ」

美しい甲冑の騎士は塩っぽい風に向けてそう呟いた。

Ⅱ

ギーンの村をとりまく獣よけの柵《さく》は、小枝を編んだだけのしろもので、村を守る役目に耐えられそうもないほど弱々しかった。霧の濃い夜に訪れる化け物ならば、蛇尾《ヘビオ》の鱗《うろこ》の一片、嚙みウサギの前歯一つで壊れてしまいそうだ。実際、ところどころに若木で補修したあとがある。

大人が手を上げてやっと届く高さの柵の向こう側からは、夕食のしたくに忙しい女たちの話し声が聞こえていた。口うるさい村の女に金目《キンメ》を見咎《みとが》められては大騒ぎである。ラチータは柵の中へは入らずに家の近くまで行こうとしていた。

が、間が悪かった。

向こうから、青い服に金の帯をしめた男が二人歩いて来る。見まわりと称して像の作業をさぼっていた自警隊の若者だった。

「おい、なんだこいつらは」

ただでさえふんぞり返っていた巻き毛の男が金目の体格に負けまいと胸をそらせた。

「リトル・シエラと騎士さんさ」

ラチータはさらりと言ってのけた。

「騎士ィ？　ふざけんな、ラチータ」

「あーら、ふざけてなんかないさ。お前さんたちこそいいのかい、そんな失礼なこと言っちゃってさ。この騎士さんはグッチンさんのお客だよ」

「き……聞いてないぞ」

巻き毛の男がぐっと詰まった。もう一人の五分刈り頭の男は、少し余裕のあるところを見せた。

「グッチンさんはお留守だ。あさってまでお戻りにならん」

ラチータは金目をうかがった。

「――どこへ行った」

毛布の中からの低い声に、五分刈りの男はたじろいだ。たった一言なのに脅《おど》されているような気がするのだ。

「村長会議だとおっしゃっていたが」

「では屋敷で待たせてもらおう」

ぐい、と一歩進んだ大男に、二人組は身を引きながら掌《てのひら》を立てて止める。

「ま、待て、そんな勝手は――」

「見られたくないものでもあるのか」

「いや、そんなわけじゃ……」

「なら構わんだろう」

金目は二人を無視してずいと進み、

「娘、道案内すまなかったな」

と、ラチータに言った。

それが彼の精いっぱいの優しさなのであった。化け物と呼ばれる姿の自分が権力者グッチンといざこざを起こす時、ラチータに罪が及ぶのを避けようとしたのだ。

その時、毛布を掻きわけて小さな手が甲冑《かっちゅう》の指を握った。

「一緒、よ。騎士さま」

シエラが真剣な顔をしている。

「下手物《げてもの》喰いが口をきいた！　こりゃ一体どうなってんだ！」

巻き毛がたまらずに叫んだ。その驚きように、ラチータはにやりと笑った。

「とにかく、二人とも、あたしん家《ち》に来な。初めからそのつもりだったし」

「しかし……」

自分とは関わり合わないほうがいい、と告げたい金目だった。

「ね、リトルも一緒のほうがいいって言ってるしさ」

ラチータがしつこく勧めるのには理由がありそうだった。シエラもにっこり金目に笑いかける。無理やりグッチンの屋敷へ上がりこんでただの村人である自警隊ともめるよりは、様子を見るのもいいかもしれない。

金目はまだ迷っていたが、二人の男は得体の知れない客を招かなくてもいいとあって、あからさまにほっとしていた。

「グッチンさんがお戻りになったらお訊《たず》ねするからな」

「ラチータ、お前はどうも客人に好かれるらしい。せいぜいお世話をすることだな。お前の親父も世話焼きが得意だったぞ」

「ま、それだけでは村長は務まらなかったということだがね」

「も一度言ってごらん！」

どんとラチータが足を踏み鳴らした。

「死んだ人の悪口がよく平気で言えるね！」

「正確には殺された、だろ」

五分刈りの男が突っこんだ。

「化け物にね——今はどうだ？　リュクティ様のおかげで楽になっただろ？　守護神様を呼んだのは誰だ？　グッチンさんだ。お前もそろそろ変な勘ぐりはやめて素直に言うことをきくんだな。土の下の親父もグッチンさんに従えばよかったって後悔してるぜ」

「この——！」

ラチータの赤毛が炎のごとく逆立つかに見えた。握ったこぶしに白く骨が浮いている。が、ラチータは耐えた。村で生活を続けるためには自警隊と争ってはいけないのだ。

男二人は言うだけ言うとくるりと背を向けて立ち去った。

「ちくしょう！　ただの勘ぐりかどうか——今に尻尾を摑んでやる！」

ラチータは、きっと顔を上げて大股に歩き出した。

化け物に父を殺された娘の後ろを、金目は複雑な気持ちでついて行った。

柵に五ヵ所ある枝折戸《しおりど》の一つをくぐると、雑多な家並みが間近に迫った。不規則に建てられた木造の家は、板がそったり屋根が落ちたり、どれ一つとしてまともなものはなかった。修理する余裕も、生木を乾かして材木にするための充分な日光もないのだ。中には廃屋になってしまった家もある。

傾いた家の間には迷路のような路地が走っていて、そこを抜けるといきなり、ある家の狭い裏庭に出た。

「やあ、お帰りなさい」

焚《た》き火にかけた大鍋を掻きまわしていた青年がそう言うと、固まって遊んでいた十五人ばかりの子供がわっと声をあげた。

「ラチータ！　遅かったじゃないか」

坊主頭の、いかにもやんちゃそうな十一歳の男の子がむくれて言った。

「俺もう腹減っちゃって」

「ごめんよ、アーダ。ちょっくら色々あったもんでさ」

「あのね」おかっぱの女の子が口をはさんだ。

「ロウゼルさんがごはん作ってくれてるんだけど……」

「おっかなくってよ。入れてるのは食えるもんばっかりだったけど、味が――俺たちまだ腹痛《はらいた》で死にたくないかんな」

「聞こえてるぞ、こら」

ロウゼルと呼ばれた若者がアーダに手を振り上げながら笑った。黄緑のふちかがりをした明るい黄の服は行商人の印《しるし》である。自警隊員が言っていた、ラチータが客人に好かれる、とはどうやら彼のことを指すらしかった。

ロウゼルはすらりとした長身の垢抜《あかぬ》けた男だった。ラチータよりも色が白く、茶色の巻き毛と気品のある高い鼻を持っていた。人の良さそうな爽やかな笑い方をする。しかし、行商で鍛《きた》えられているのか、服の下にはバネのある筋肉が潜《ひそ》んでいるのを金目は見逃さなかった。

「すまないねロウゼルさん」

「あの方は？」

ロウゼルは水色の瞳を好奇心でキラキラさせている。ラチータは金目を、やはり村の用心棒

の騎士だと紹介した。そしてロウゼルのほうを、

「都から来た小物売りなんだけどさ、帰り道、村はずれで化け物どもに襲われちまって。隊商で生き残ったのはロウゼルさんだけだったんだよ」

「騎士さまはどちらから？　珍しい甲冑を着けておられますが」

毛布からのぞいた金目の足を目ざとく見つけて言う。

都を知る者を前に、都の騎士だとは言い張れない。金目はしかたなしに答えた。

「――外《と》つ国《くに》から」

「ほお？」

ロウゼルの目がキラリと光った。

「子供連れで旅ですか」

ラチータが割って入った。

「この子は村の子なんだよ。いいかい、みんな、今日から一緒に遊ぶんだよ。リトル――じゃない、シエラはもうバカじゃないからね。ちゃんと喋《しゃべ》れるように……どしたんだい、みんな」

ラチータは子供たちがなぜひそひそ話をしているのかわからなかった。

「あれ、リトルなの？」

「そうだよ。知ってるだろ、アーダ」

「違うよー」

「何が」

アーダはもう一度シエラを見てからきっぱり言った。

「リトルはピピンと同い歳だったろ？　そいつ、俺よか大きい」

ラチータはピピンとシエラ、そしてアーダを見比べた。

「そういえば……」

確かに、八歳のピピンよりも十一のアーダよりも、シエラは大人びて見える。笑みの浮かぶ頬は子供の丸みを失い、少女の繊細さを持っていた。細い手足はよく成長し、背はアーダを抜きかけている。子供から娘への過渡期——シエラは、少しだけ色づいて香っている、明日花開く蕾《つぼみ》のようだった。

シエラはみんなが見ている中、すっと一歩踏み出した。

「アーダ。私、もうリトルじゃないの。少し賢くなって自分の名前はシエラだって判ったのよ」

鈴が鳴るような声と笑顔があまりにも見事だったので、子供たちがポカンと口を開けた。

「私ね、急いで大きくならなきゃいけないの。だからピピンを追い越しちゃったの」

「どうして？　妖精がそう言うの？」

そう言った子の頭にラチータのげんこつが降った。

「夢みたいなこと言ってんじゃないよ！　さ、みんなで遊んでな！　鍋の中が食べられるようになったら呼んであげるからね——テテ、さあ、あんたも。もじもじしないで」

ラチータは気弱な少年の尻を勢いよく叩いて追いやると、金目に耳打ちした。

「家の中で休んでて。子供の質問攻めに耐えられるんならここにいていいけど」

金目は素直に従うことにした。彼には、家の中からでも気配や話し声は充分判るのだ。

早速——。ラチータが、

「ロウゼルさん、ちょっと」

と小声で囁《ささや》くのが聞こえてきた。


日が暮れると、松明《たいまつ》を持った親たちが自分の子を引き取りに来た。像の作業にかり出される親の代わりをラチータがひき受けているのだった。十七歳といえば立派に労役に立つ年頃だが、ラチータはグッチンの命令で鱗《うろこ》にする貝を並べたりするなんてごめんだった。

「できればお手伝いしたいんですけどねえ。リュクティ様の像にかまけて子供が事故でも起こしたってことになると——グッチンさん、村長《むらおさ》としての立場がなくなるんじゃありませんか?」

グッチンはこれを聞いた時、丸い顔を猪首《いくび》にめりこませるようにして、ぐう、と呻いた。

ラチータには彼の扱い方がよく判っていた。行動力と指導性に富むグッチンに対して、前の村長の娘があからさまに反抗してもだめなのだ。亡き父の後釜《あとがま》に座った男への妬《ねた》みだと軽くあしらわれるか、それこそ力ずくで黙らされるかのどちらかだ。キヌーヌのまとめ役、グッチンに反抗するということは、すなわち村に住みにくくなるということで、これは他に行くあてのないラチータにとって避けなければいけない事態だった。屁理屈をつけて作業に加わらないというのが実のところ精いっぱいなのである。

子供たちが親に連れられて一人減り二人減り——最後まで残っていたテテが酔っぱらいの父親とともに帰った頃には、もう夜も更《ふ》けていた。

「あー、やれやれ」

二間続きの部屋は裏庭に面したほうが居間になっていた。ラチータは腰を伸ばしながら扉を開けると、粗末な藁《わら》ベッドにどすんと腰を下ろした。テーブルにはロウゼルとシエラが座っている。

「この子、熱がありますよ」

「え?」

ロウゼルがシエラの額に手をやっていた。そういえば頬が赤い。

「今日はいろいろあったからね。急に村に帰ってみんなと遊んで、疲れたんだろ」

隣の部屋の金目の様子をうかがいに行こうとしたラチータにシエラが言った。

「そうじゃないの」

ラチータが振り向く。

「アーダがゲームのコマになってドングリくれて……それをカサごと食べたの」

「あんた……そういうのを下手物喰いっていうんだよ！　全くもう！」

ラチータはシエラを横抱きにしてベッドへ放りこんだ。

「あれ、食べなきゃならないものだったのよ。小屋で食べたネズミとおんなじ。あたしの心を、すごい力で引っぱるの」

「ドングリが？　カサをふりふり食べてくれえって？」

ラチータは手を腰にあてて睨んだ。

「私のバカが治るの、喜んでくれないの？」

「何だって？」

「おかげで、また少し賢くなれたのに」

ラチータは、乱暴に毛布を引っぱりあげてシエラの口をふさいだ。

「知恵熱かい？　これは。さ、寝た寝た、あんまり喋ると歯の間から脳ミソが流れて出ちまうよ！」

真夜中近く――塩の霧はひたひたと村へ寄せ、西の海の上には半月がぼおっと光っている。

ロウゼルが自分の家へ帰り、隣の部屋の明かりが消えた。

金目はむっくりと床から身を起こし、開けてあった窓を音もなく乗り越えて、虫も鳴かぬ霧の闇へ出て行った。

「騎士さん」

別の窓が開き、寝間着姿のラチータが顔を出す。

「グッチンの屋敷に行くのかい?」

金目は答えず、光る瞳でじっとラチータを見返した。

「ロウゼルさんが、あんたはきっとそうするだろうって——。森での事、話したんだ。大丈夫だよ、あの人なら信用できるから……。ロウゼルさんは、あんたが屋敷に行くようだったら、あたしたちの仲間に違いないって」

例のごとく要領を得ない話し方だった。金目がいっこうに近寄ってくれないので、ラチータは手早くストールをはおって窓から飛び下りた。

「勝手に仲間にしてもらっては困る」

「いいんだよ、そう思いたくないなら。あんたの好きなようにやってちょうだい」

「得体の知れん男を簡単に村へ入れたのは、俺が奴をどうにかするのではないかと期待してのことだな。もめ事が起これば奴の尻尾も掴みやすくなる——」

ラチータははっとして甲冑の騎士を見上げた。その言葉は、夕方鍋の横で彼女がロウゼルに囁いたそのままだったのだ。

「お前がグッチンを嫌う理由はなんだ? 守護神を連れて来た、いい村長ではないのか」

ラチータは目を伏せてぽつんと言った。

「仇《かたき》、だから。多分ね……」

淡い月光の中で、ラチータの顔は頼りなげに見えた。

ラチータの父親は村長を務めていた。優しく穏やかな人柄の夫妻は、ケンカの仲裁には親身だったが、争いごとの指揮には向かなかった。森からやってくる化け物には、当時三十を越したばかりのグッチンが自警隊を結成して立ち向かっていた。治水工事の折など、指図するだけでは申し訳ないと自ら土を運ぶ村長を、グッチンは明らかに馬鹿にしているようだった。

グッチンとリュクティの間にどんな密約が交わされたのか。ある夜、血の気の多いグッチンは穏健な長の屋敷に押しかけて来た。

「だから、少しばかりの貢《みつ》ぎ物でリュクティ様は化け物をやっつけて下さるっておっしゃってるんだ。結構な話じゃねえか」

「グッチン。塩害で村が苦しいのはお前も知っての通りだ。それにお前さんの言うリュクティってのはまるで化け物じゃないか。私は少しばかり不安があるよ」

「けっ！　そんなにのんびり構えてるうちに、化け物はどんどん手強《てごわ》くなってるんだぞ。異形のものには異形の神の力が必要なんだ」

「異形のものは必ず滅びる。自然の環境にそぐわないものは時がたてば滅びるんだ。グッチン、お前は気が短すぎる。霧が晴れるのを待つように化け物が自然に滅びていくのを待つ——それが人と森と海がずっと長く暮らしていくための知恵というものだ」

まだ十一歳だったラチータは、その言い争いを半ば眠りながら聞いていた。自我の目覚めはじめた少女にとって、父親の〝なすがまま〟の態度はじれったいように感じる。が、静かなもの言いの父に喰ってかかるグッチンは、もっと嫌いだった。

グッチンは乱暴に扉を閉めて屋敷を出た。ほっとして毛布をかぶり直したラチータの鼻に、熟《う》れすぎた果実のような甘ったるい香りが流れてきた。

「何だろう」

ラチータは門に面した窓のよろい戸を少し開けた。

グッチンが家の扉の前でかがみこむようにしている。彼は不器用に腰を引きながら敷石の上を門へ後ずさりしていた。手には皮袋を持っている。袋から撒《ま》いている液が、甘い香りを発しているようだった。

その夜である。初めて化け物が村の内部へ押し入った。青いコブをぎらつかせたコブオオカミは柵を躍り越えてまっすぐ村長の屋敷をめざした。地下の酒蔵に逃げたラチータは助かったが、村長夫妻と近隣の四人が牙にかかった。

リユクティもまた、その夜初めて姿を見せた。コブオオカミは霧の中の彼女の羽音を聞いただけで村を離れ、リユクティは駆けつけたグッチンの賛辞に女の声で応《こた》えた。ラチータが酒蔵から連れ出された時、屋敷はグッチンのものとなっていたし、村人はリユクティの信者になっていた。

「その時はまだ何がなんだか判らなかった。あたしにはおとなしくしているしか方法がなかったんだ。ロウゼルさんの話を聞くまではね」

つい一ヵ月ほど前に、ラチータはシエラへ食事を運んだ帰り道、森の中でロウゼルを拾った。彼は小さな葛籠《つづら》と鳩《はと》の入った籠《かご》をしっかり抱いたまま、森の中に転がっていた。彼が、久しぶりにやってきた都の華やかな行商隊の先頭を歩いていた人物だということは、すぐに判った。

「ロウゼルさんは、村を発つ時にグッチンからもらった食べ物を食べなかったんだって。他の商人が夕食を食べている時は、彼は鳩の世話をしていたそうよ。そして焚き火の仲間のところから、腐った果物みたいな匂いがしてきて……仲間は蛇尾にやられた——」

「その香り……〝敵対の印〟だ」

金目は苦しそうに目を細めて言った。

「化け物はその香りを目指してやって来る」

「——やっぱりね」

うなだれたラチータの頬に、霧に濡れた赤毛が貼り付いた。それを指で払って、ぱっと顔を上げる。

「でも、証拠がない！　村の人にとって、グッチンはリュクティ様を連れて来た聖者なのよ。それに、どうして彼が化けもんの好きな匂いなんか持ってるの？　リュクティ様からもらったの？　あの方は化けもんに襲わせておいて、自分が助けるようなことするの？　あたし、判んないのよ！」

鳶《とび》色の瞳が、はたと騎士を見ていた。

金目は、自分が責められているような気がした。

金目は、一度目を閉じ、またゆっくりと開いて言った。

「すべてをとりしきる黒幕がもう一人いる。俺の真の敵はそいつなんだ」

「それは、誰？」

金目は答えない。くるりと背を向けた。

「誰なの？」

霧にとけていく後ろ姿から、ようやく聞きとれるほどの声が返ってきた。

「恐ろしい奴だ。お前が知る必要はない」

もしかしたら本当にやっかいな人を村へ入れてしまったのかもしれない——遠ざかる大きな影を見送りながら、ラチータは背筋が寒くなった。


霧の中を青い影が流れる。馬も通れぬほど狭く入りくんだ路地を、金目は方向感覚だけを頼りに進んだ。さして広くもない村のこと、間もなく真珠色の月明かりにグッチンの屋敷のシルエットが浮かびあがった。

二階建ての屋敷は、石塀をめぐらせたかなり立派なものだった。田舎《いなか》のことで屋敷といっても全部で十部屋ぐらいだろうか。それでも民家に比べれば格段に大きいし、建物と同じほどの広さの前庭もあった。もとは都から任じられたキヌーヌの領主が住んでいたもので、塀にある大きな木の扉には、二本の花綱《はなづな》が円形に絡み合った都の王家の紋章が彫りこまれていた。扉の向こうから、酔った自警隊員たちの胴間声《どうまごえ》が聞こえていた。守護像の御利益《ごりやく》で化け物も来ないし、隊長のグッチンは留守なのだ。前庭の隅にある詰め所では酒盛りのまっ最中だった。あの様子では屋敷の見回りも手薄だろう。

金目は一跳びで塀を越え、音もなく庭を横切った。

窓には明かりもなく、屋敷はひっそりと静まりかえっていた。

と——。

二階を見上げた金目の瞳に、窓の鎧戸から漏れる光が映った。

誰かいる。光が揺らいで隣の窓に移った。

彼は甲冑の手で、器用に二階の窓にとりついた。

鎧戸の隙間《すきま》からのぞいた部屋は、グッチンの書斎のようだった。都ふうの豪華な机が部屋の扉を見据えるように配置され、その机の上といわず棚といわず置かれた、おびただしい数の置物が、赤っぽいロウソクの光で不気味な影を帯びていた。

そのばかでかい机の上に背を向けてかがみこむ男がいる。男は黒装束で、長い棒のようなものを背中に斜めにかけていた。

机の上から置物が落ちた。

派手な音――。

「わ！　わわっ」

何をやってるんだ。金目は呆《あき》れた。

物音よりも大きな声で叫んだ男は、やはり一人で唇に指をあてた。

「シーッ、シーッ」

おたおたと置物を拾おうとし、背の棒がごつんと机にあたる。

「シーッ……」

梁《はり》にとまっている鳩が笑うように喉を鳴らした。

「静かにったら」

上げた顔に見覚えがある。ロウゼルだ。

彼は首の折れた裸婦像を困りはてた表情で机の上に戻し、かわりに一枚の紙を持った。

「おいで」

鳩は、まぬけな主人にも忠実だった。ごわごわする紙を脚にくくりつけられる時も、じっとしていた。

が、その主人が、こともあろうに金目のとりついている窓から自分を放とうとしているのに気付き、鳩は急に暴れ出した。ロウゼルはかまわず窓を開く。

「——わ！」

「何をしている」

ぐいと窓に手をかけて金目が訊いた。

「あ、えーと。お互いさまって言うんでしょうか、こういう場合」

巻き毛の青年に緊張感はなかった。金目は身軽く窓を乗りこえ、書斎に彼を押し戻した。

「その紙はなんだ」

「グッチンの悪だくみの証拠——だと思うんですけどね」

「鳩を使ってどこへ送るつもりだ」

ロウゼルは唇の端で笑った。

「だめですよ。あなたが何者なのかが判ったわけではないんですから」

「——抜かりがないな」

「おかげさまで」

どこまでもとぼけた奴だ、と金目は思った。のらりくらりしてすこしも本性が見えない。泥棒の真似が板についていないくせに、自分と鉢合わせしてなお、この余裕……。

金目は、はっと窓を振り向いた。

「何ですか？」

しっ、とロウゼルを制する。音が、気配が、大きな塊《かたまり》となって村へ近付いているのだ。

「角蜘蛛《ツノグモ》だあ」

夜霧を引き裂くような村人の声があがる。ぽっぽっと家々の明かりがともった。像を造りはじめて以来、絶えてなかった夜襲に村は騒然となった。青い服をはだけた酔っぱらいの自警隊員たちも、こけつまろびつ詰め所から出て来るのが見える。

「どこだ」

ロウゼルは引き締まった表情で闇を透《す》かした。ガチガチと角蜘蛛の顎《あご》が噛みあわされる音を追うと、家並みの向こうに、高く胴を持ちあげた巨大な蜘蛛の影がぼんやり見えた。

「村の南側か……なら大丈夫だ。よし行けっ」

夜の闇に不釣り合いなほどに白い鳩が放たれた。鳩は〈牙の荒れ地〉の方角へ矢のように飛んだ。

ほっと息をつく間もなく、ロウゼルは窓をまたいだ。下のほうで、甲冑の銀の渦を光らせて騎士が駆けていくのが見える。

「速いんだな」

ぶつぶつ言いながら二階からとび下りたロウゼルは、情けなく腰を押さえながら彼のあとを追った。

角蜘蛛は真っ黒に光る八つの目で、防護柵の向こうの家並みをねめつけていた。人々はばたばたと村の中を逃げまわり、頼りない自警隊員たちはグッチンの指揮なしではどうすることもできず、家の陰から顔を覗かせている。

角蜘蛛は、その名の通り、額にそそり立つ角を持っていた。黒々と螺旋《らせん》を描く角の先からは黄色い毒液が溝にそって流れ、硬い毛の生えた頭にしたたっている。顔の下では、とてつもなく大きな鍬《くわ》のような顎が、ガチガチ音をたてていた。

蟹《かに》に似た長い足を踏みかえて、角蜘蛛はじっと村をうかがっている。何かを探しているふうでもあった。

「どうしたんだろう」

比較的素面《しらふ》に近い若者が、仲間に訊ねた。

「なに、守護像が怖くて入って来れないのさ」

「でも――まだできてないよ」

その声が聞こえたわけでもないだろうが、化け物は左の脚を大きく持ち上げて、柵を踏みつぶしにかかった。剛毛《ごうもう》から夜露がとび散り、鉤爪《かぎづめ》は黒い三日月のように空高く振り上げられた。

と、ちいん、と金属質の澄んだ音が響き、

「こっちだ!」

と叫ぶ声がある。

すべるがごとく蜘蛛の脇を走る金目は、両手の甲から伸びた剣を、もう一度打ち合わせた。

細かく震える左手の刃を霧の中にかざす。人の目には見えないほどの細い絹のような糸がそこに渡っていた。

金目の左手から角蜘蛛の脚へ、糸は震動を伝える。化け物は毒々しい黄縞の尻をまわして金目に頭を向けた。

ひゅっと、金目の周囲で空気が揺れた。

角蜘蛛は村を球状に包むようにして細い網を張っていた。それを鉤爪が引いたのである。

今の今まで金目がいた場所に、村を包んでいた大量の糸が押し寄せて丸く絡まった。

跳ぶがごとく駆ける金目の足元で、一瞬ずつ遅れて土が花開くように割れていく。土の中にも張り巡らされていた糸の罠は、素早い金目の動きに勝てなかった。土をつけた粘る糸が次々と地中から飛び出しては、むなしく宙を掴む。

鉤爪を振って糸をたぐっていた角蜘蛛は、怒りでブッと毒液を噴き上げると、長い脚を繰り出して金目の後を追った。

東へ――丘のふもとで金目は、突然くるりと振り返った。節のある脚を鳴らして追いすがる角蜘蛛の大きな影。漏れくる月を浴びて、その角がてらりと光った。

次の瞬間、黄色の毒液が降りかかった。

同じ化け物同士である。金目はその攻撃を承知していた。目を腕でかばっただけで、彼は降りそそぐ腐触性の毒液を平然と浴びた。毒はすぐに黄色い蒸気となって消える。美しい貝殻のような甲冑は輝きすら変化がない。

二度、三度と降る黄色い雨の中で、金目はじりじりと間合いを詰めていった。

角蜘蛛は、自分の五分の一ほどしかない敵に気圧《けお》されて後退していく。

追い詰めれば追い詰めるほどに、金目は自分の血が湧きたつのを感じていた。これは彼にとって狩りであり、角蜘蛛は逃げかけている獲物なのだ。金目はもはや楽しんでいた。兜《かぶと》の中には薄ら笑いすらあった。

角蜘蛛がねじれた角で突きかかった。

青い影は軽々とそれをかわし、高く宙にいた。両手の剣の切っ先を揃えて落ちる先は、くびれた角蜘蛛の胴である。

「いやあ！」

鋭い女の声がした。

突然の声に金目の動きが鈍《にぶ》り、剣は胴を断つまでにいたらなかった。胴は、角蜘蛛の固い肌の中で一番弱い部分である。中途半端に傷つけられた化け物は狂ったように身をよじった。

跳ね飛ばされた金目にとりすがるものがある。

蒼ざめたシエラだった。

「殺さないで！」

と、その隙をついて、尻を振りたてた角蜘蛛から、美しく冷酷な網がかぶせられた。

「しまった！」

柔らかく二人を包んだ網がじわりと締まった。角蜘蛛は八本の脚をよろめかせていたが、鉤爪で糸を引いて金目を締め殺すくらいの力は残っているらしい。それともガチガチ鳴る顎にくわえて噛み砕こうとしているのか。

いくら金目でも、鋼《はがね》のような角蜘蛛の糸は断ち切ることができない。形勢逆転である。

「騎士さん、シエラさん！」

ロウゼルが駆け寄った。やっと追いついたのである。

「どうして二人連れなんですか？」

「知らん！」

網がぐっと締まった。シエラの白い肌が甲冑に付着した生乾きの毒に触れて、見る間に赤くただれた。

ロウゼルに向けて糸が飛んだ。

彼は横に転がってなんとかそれを避ける。かなり身軽であった。起き上がった時には、右手に棒のような長い剣を握っていた。背負っていた棒は仕込み杖だったのである。

「弱点なんてあるんでしょうか」

ロウゼルが丁寧な口をきいた。

「胴だ。甲羅が蛇腹《じゃばら》になっていて薄い。俺のつけた傷があるはずだ。その剣ならば入る」

「簡単におっしゃいますね」

巻き毛の青年は、一つため息をついて、たっと駆け出した。

「──くっ」

金目の甲冑が、網に絞られてぎちぎち鳴った。彼は背を丸めてシエラをかばいながら、ロウゼルが予想以上の身のこなしで角蜘蛛の脚に取り付いたのを見た。

ロウゼルは、角蜘蛛の硬い体毛をしっかり握って、振り落とそうとする動きに耐えた。

角蜘蛛が脚を踏み替える一瞬の隙をついて、ひらりと胴に上がる。

察した角蜘蛛は必死に身をよじった。

ロウゼルは呑気《のんき》だった。

「毛深いのが運のつき、ってね」

角蜘蛛の胴体は、深い青だった。固い板状の甲羅が、なるほど瓦《かわら》のように重なっている。その蛇腹は角蜘蛛が暴れるのに合わせて動いていた。

「──これ、どこかで……」

見たようだ、と感じた瞬間。角蜘蛛が上体を大きく起こして糸をたぐった。

「早く！」

金目はたまらず叫んだ。

胴の上のロウゼルが大きく剣を振りかぶった。彼の剣がずぶりと柄《つか》近くまで吸いこまれる。

角蜘蛛に発声器管があったなら、一体どんな声をあげただろうか。鍬に似た顎をいっぱいに開けて、化け物は激しく暴れた。

ロウゼルは両手で剣につかまる格好で振り回されていた。彼は片足で角蜘蛛の胴を強く蹴った。全体重をかけた剣が大きく蛇腹の間を割《さ》く。灰色の肉が見え、体液がとび散った。

ロウゼルは剣にぶら下がるようにして、胴体を分断した。

着地と同時に走ると、二つに切りわけられた化け物がゆっくりと崩れ落ちる。地響きが二度、白みかけた空に響き渡った。

「ふう」

ロウゼルは服の袖で額の汗を拭《ぬぐ》った。

角蜘蛛は、まだ顎をガチガチ鳴らしていたが、次第にその音も途切れていった。

「大丈夫ですかあ?」

仕込み杖を背にかけながらロウゼルが駆けてきた。

緩《ゆる》んだ網を手で押し開けて、金目はシエラをひきずり出した。

「とんだ邪魔をしてくれたな」

「——ごめんなさい」

「ごめんなさいですむのか」

頬と両腕の外側を赤くただれさせた少女は、じっと下を向いてぽつりと言った。

「すむわ――すんだの。もう死んでしまったから。あたし、何かが殺されるのを見たくなかった。それに、争っていた騎士さまは楽しんでいるみたいで、怖かったの」

金目はまじまじと少女の顔を見つめた。

「お前、なぜそう思う。勘か？　それとも本当に妖精が何か囁いたか」

シエラはきゅっと唇を噛んだ。

「――妖精なんていないわ」

「結構」金目は冷たく言った。「ではつまらん情けで化け物をかばうな」

「でも！　騎士さまの目はぎらぎらしていて違う人みたいで怖かったの。それに、妖精はいないけど妖精伝説は本当のことなのよ。ずいぶん歪《ゆが》んで伝わっているけど――今の化け物だって、伝説の中の獣の王が……」

食い下がろうとするシエラの顔に影がさした。

「リュクティ――」

霧の上空を、翼を大きく羽ばたかせて守護神が飛び去っていく。

「リュクティは角蜘蛛をやっつけに来て無駄足を踏んでしまったんでしょうか？　それともあなたたちにあれをけしかけて、失敗したんで帰ったんでしょうかね」

ロウゼルは挑発的に言った。

金目は答えない。

「ラチータさんから、森小屋での話は聞いています。守護神の下僕《しもべ》たちに襲われたそうですね。で、今夜は悪いほうの奴からも襲われ、リュクティがこそこそ帰っていく――何なんでしょうか、これは」

　青年はにっこり笑って返事を待っている。

「あまり関わりにならぬほうがいい。お前とラチータが首をつっこもうとしていることは、とても人の手に負えるものではない。敵は――少なくとも俺にとっての真の敵は、小細工をする村長でもリュクティでもなく、もっと強大な奴なのだ」

「なるほど」ロウゼルはめげる様子もない。その笑顔が急にずる賢い狐のようになった。

「じゃ、話題を変えましょう。角蜘蛛の甲羅とあなたの甲冑の類似性、というのはいかがですか」

　ロウゼルは右手でこんこん、と角蜘蛛の脚を叩いた。針金みたいな体毛の下は固くなめらかで、金目の肌と同じ照り方で光っている。

「ただの商人ではないな」

「商人らしく、取引しましょうか？　キヌーヌの森の化け物が、今、都で何をしているか、あなたはご存じですか？」

「都で？」

　金目の怪訝《けげん》そうな声に、ロウゼルは満足した。

「ご存じないようですね。では、僕はそれをお話ししましょう。あなたの知っておられることと引き換えに、ね。それと――」

ロウゼルは、丘の草地で目を凝《こ》らしているシエラを指さした。

シエラは糸くずのような苔《こけ》を選んで摘《つ》んでいた。顔はその汁で緑に染まっている。

「ごらんなさい」

と、ロウゼルは言った。

「あんなに赤くはれていた顔が、だいぶ治っています。あの子、解毒の薬草を知ってるんですよ。昨日まで喋れなかったっていうのに。それに、さっき言いかけた妖精伝説の獣の王って何なんでしょう。ラチータさんからもその言葉を聞いたんですが、それ以上は教えてもらえなくって。――いいですか、騎士さん。判っていることはお互い教え合うべきなんです。どんなささいなことでも、ね。化け物たちに勝つ鍵は、お互いの話をつき合わせたら発見できるかもしれないんですよ」

金目は、ついと顔をそむけて村へ向かった。

シエラが追って来て、彼のそばに付いた。

大股に歩き出した金目は前を向いたまま、ロウゼルに言った。

「まだ、助太刀《すけだち》の礼を言ってなかったな」

意外な言葉に巻き毛の下の眉が上がった。

「感謝する。そしてそうすることが、角蜘蛛と俺とが違うところだ」

ロウゼルの家は村のはずれ、獣よけの柵のすぐ近くにあった。

三人が家に入ろうとすると、物音をききつけたラチータが家の中から飛び出してきた。

「シエラ！　あんたはもう……角蜘蛛が出たっていうのにベッドは空《から》で……あたし、もうどうしようかと——」

「ラチータさん、そう興奮しないで。ちょうどいい。あなたも話を聞いて下さい」

「へ？」

穏やかに言ったロウゼルを、ラチータはきょとんと見上げた。

ぼろぼろの机を部屋の隅に寄せて、四人は床に車座《くるまざ》になった。金目一人が、彼の心のままに、少し離れて胡坐《あぐら》をかいている。

巻き毛の青年は話しはじめた。

「カザディーンの都では、五十年前の王位継承権争いがまだ尾を引いています。今から二代前、ですね。若い王が崩御《ほうぎょ》した時、残された王子はたった五歳でした。王妃が後見人となったのですけれど、彼女は筆頭大臣の姪《めい》だったんです。大臣は、長い平和で金銭や世事に疎《うと》かった王をさしおいて大商人と手を組んだり、王家に血族を送りこんだり——ま、権力と金にあくどい奴、というわけです。幼い王子が死ねば、王妃である姪が実権を握り、彼の天下になる。この野心がすべての発端でした。

王家側も必死でした。ここの領主など、確か都へ呼び戻されたんでしたよね。

今では筆頭大臣も亡くなり、苦汁《くじゅう》をなめた王子は立派な王として国を治めている——それが現在のラークブレ王朝です。これで長い争いは終わるかに思えました。でも、王族に多くの血筋を送りこんでいる大臣家は、ラークブレ王朝が気に入らないようです。このままでは甘い汁が吸えないんですよ。そこで、今度は二年ほど前から隣国への遠征を強く主張しだしたんです。王は賛成しませんでした。

大臣側はなぜか自信ありげでした。そしてついに、半年前、戦争反対派の王の側近が暗殺されてしまったんです——コブオオカミに」

「ここの化けもんが都にまでかい？」

ロウゼルはラチータにうなずいた。

「それだけじゃありませんよ。暗殺から三日たって王の寝室にやって来たものは、何だと思います？　リュクティの下僕っていうヤツですよ。書面をくわえて飛んで来たんです。そこには大臣に勝つ方法がしたためてありました。つまり……コブオオカミよりも強い獣はいかがでしょうかって。発信者は、ギーンのグッチン」

「グッチン！」

ラチータの声は裏返っていた。

「コブオオカミより強いって……あいつ、リュクティ様を王様に売ろうっての？」

「そう簡単なことかな」

金目は瞳を閉じたまま言った。

「その通りです。大臣側が世の中にいるはずのない怪物をどうやって手に入れたかも知らずに、グッチンの言葉を信じるわけにはいきません。両方が化け物を持てば都全体が戦《いくさ》で消耗してしまいますから。王は商人に化けた手の者を幾組もギーンに送り、探らせようとしました。けれど到着できたのは僕たちだけのようだし、僕もご存じの通りあやうく殺されるところでした」

ロウゼルの顔が同僚の死を悼《いた》んで歪む。

「お前が先ほど奴の屋敷から盗んだものは、大臣がグッチンと交わした取引の証《あかし》か」

「――その通りです。騎士さん、お教え願いましょう。あなたは見たところ化け物のことに通じていらっしゃる。リュクティと化け物の両方に襲われるというのは、よほどの事情がおありでしょう？　教えて下さい。今、何が起きているのですか」

澄んだ水色の目が異形の大男を見据えた。

金目は黙って首を垂れている。

「なぜ、その不思議な鎧《よろい》が脱げないのですか」

「……」

「角蜘蛛の弱点を知っていたのは……あれの甲羅がその鎧に似ているのは……あれの仲間だか

らではないのですか」

「ちがう！」

カッと目を見開いた金目に、ロウゼルは半身を引いた。青と黒と銀の渦巻きの奥で、金目の瞳は熱い金属のようにたぎっていた。

「違う。俺は……俺は化け物などでは……」

「騎士さん」

と、ロウゼルは静かに口を開いた。

「あなたのその金色の瞳や身のこなしは人間離れしている。でもあなたはさっきおっしゃった。感謝する、と。あなたが本当は何者であれ、感謝の気持ちを持てるだけの優しさはあるんでしょう？　人間らしい気持ちがあれば、僕やラチータさんの話を聞いて、なお真実を隠していられるはずはないと思いますが」

金目はぎらつく瞳を閉じ、深く息を吸った。

人の気持ちがあるのなら――。

ロウゼルの言葉は彼の胸を強くうった。

人間には知らないほうが幸せだという時もある。しかし、ロウゼルもラチータも、自分たちが大いなる力にまきこまれているのをすでに感じとってしまっているのだ。だからこそ真相を聞きたがっているのだ。

それは人の心を取り戻した金目が感じている、操られていた悔しさと同じものではないのか……。身の凍るような真実であっても、あとから意のままにされていたと悔恨するよりは、今、告げたほうがいいのかもしれない。

「キヌーヌの森になぜ畸形《きけい》が多いか、知っているか?」

とんでもないところから始まった騎士の話に、ラチータとロウゼルは顔を見合わせた。

「ここには一人の不死の男がいる。奴は生き物を粘土のように自由に造り変えることができる──いわば〝神〟、邪神なのだ。畸形は自然に生まれたものではない。奴の小手調べの産物だった。そして次第に強いものを造りあげ、自分の配下に置いた。それが今の化け物どもだ」

「そんな。信じられない……」

さすがのロウゼルも顔が蒼い。

「信じさせてやろう」

太い右腕を高々と挙げる。と、しゅっと空気を裂いて手の甲から刃が躍り出した。白なのか銀なのかわからぬほどに眩《まばゆ》く輝く、細身の剣。

ロウゼルが、背の杖に手をかけ、腰を浮かせてラチータをかばった。

金目は辛《つら》そうに言った。

「これはある種の魚が鰭《ひれ》を立てる動きと同じ仕組み。そして甲冑はお前の言う通り角蜘蛛と同じものでできている……俺も奴に作られた化け物……だった」

刃を納めても、ロウゼルの姿勢は変わらなかった。自分で誘いを向けて話をさせた彼でさえ、まだ強い目で金目を睨んでいる。気丈なラチータも、歯が鳴っていた。

結局、そういう目で見られる体なのだ。

「俺は今、三度目の人生を生きている。初めは普通の人間として。どこの村にいたのか、友人はたくさんいたのか……。化け物にされた時に記憶を奪われ、それがどんな暮らしだったのか今はもう思い出せない。記憶を消されたことすら判らず、ただ暴れるだけの獣になり果てたのが次の人生だ。パルの村長たちを手にかけてしまった時も、何の情けも感じなかった。判っていたことはただ一つ。石のような灰色の目をして緋色《ひいろ》のマントにくるまった男が自分を生み出した主人だということだけだった。俺は、あいつを……自分をこんな体にした男を、人殺しを命じた男を、主人だと……くそおっ！」

金目はこぶしで自分の腿を思い切り打った。甲冑が大きな音をたてる。

「騎士さま……」

シエラが心配そうに見上げた。

金目は息を整えた。

「奴は言った。たくさん化け物を造ったが、人型のものは初めてだ、お前は強く美しい、と。馬鹿なことだが誇らしかったよ。リュクティでさえ俺に嫉妬《しっと》していた」

「え」

ラチータは思わず声をあげた。「リュクティ様があんたに……守護神様は化け物をやっつけて下さるのよ。それがあんたにヤキモチって……」

「嫉妬はあの男が俺ばかり誉めるからだ。リュクティも俺と同じくあの男に造られ——」

「いやっ！」

ラチータは耳を押さえてかぶりを振った。

「いや！　言わないでよそんなこと。ね、騎士さん、悪い冗談なんだろ？　あんたが化け物だなんて。おまけにリュクティ様まで？　はは、そりゃあんまりひどいんじゃないの」

ラチータが取り乱すのを、ロウゼルが慌てて押さえつけた。

リュクティはラチータの心のよりどころだった。グッチンに抵抗して肩身の狭い思いをしている彼女が、唯一信頼しているのが守護神リュクティだったのである。

金目は黙っていた。

「——本当なんだね。グッチンは……グッチンはリュクティ様が化け物の仲間だと知ってて連れて来たのかい？」

「グッチンには、あの男の館で会っている」

「父さん！　母さん！」

小さな子供のようにラチータが泣き出した。

ロウゼルは、いつも元気な村娘が大声で泣く様子になぐさめる言葉もなく、ただ優しく背を撫でるしかなかった。

「守護神が化け物の一種であるなら、どうして他の化け物に村を襲わせて自分が助けるなどということをするんですか。人間を殺すだけなら何もそんなことをしなくてもいいでしょうに」

「おそらく、守護像のせいだと思う」

金目は重々しく答えた。

「襲って来る化け物で脅かしておいて、自分は救世主としてそれを追い払う。村人たちはリュクティに感謝し、あいつのためなら喜んで貢ぎ物を出すだろう。そこで誰かが感謝の証に大きな像を作ろうと言い出せば……」

なるほど、とロウゼルが呟いた。

「あいつは何か考えている。裏切った俺を殺さずにいるのは、俺の力か姿が必要になる新たな筋立てを考えているんだ——その証拠に手を広げはじめた。都へ、そして巨像の建立へ」

ロウゼルはまだ不審そうだった。

「案外、あなたが人の心を甦《よみがえ》らせたのもその男の計算のうちかもしれませんよ」

「——何?」

金目は思いがけない言葉に衝撃を受けた。

「そんな……」

「それは違うわ」

明るいきっぱりした声。

シエラだった。

「騎士さまは、私と一緒に獣の王へ立ち向かうためにお目覚めになったのよ」

「シエラ――あんたまで……やめてよ、今はあんたの妖精伝説の話なんか聞く気持ちじゃないのよ！」

シエラはやめなかった。

「ね、ラチータ。騎士さまのおっしゃってる化け物造りの男と、伝説の闇の獣王はそっくりだと思わない？」

「シエラ！」

「ラチータさん待って。僕は聞いてみたい。今はどんなに小さなことでも見逃したくないんです」

「ありがとう、ロウゼルさん」

嬉しそうに笑って、シエラは桜色の小さな唇から澄みきった声を出して伝説を伝える。

「昔、キヌーヌは楽園だったの。豊かな森と美しい海とともに人は平和に暮らしていたわ。人と自然の仲を取り持っていたのが、銀色の長い髪をした妖精の女王だった。女王は木や動物の声を聞いて人々に伝え、人は自然に感謝して、よく生き物たちの世話をしたわ。だから自然も人間が好きで豊かな収穫を約束していたの」

金目にはシエラがまた成長をとげているように思えた。かすかに微笑みながら喋るシエラの顔はもはや十四、五の娘に見え、森小屋の汚い女の子とは別人のように美しかった。

でも、と表情を暗くして、草の汁だらけの少女は続ける。

「でも時がたつにつれて人は豊かな暮らしをあたりまえに思うようになり、感謝も世話もしなくなった。女王は嘆き悲しんで森の奥深くに消えてしまわれたの。それが人間だけでこの地に暮らすようになった始まりなのよ」

「獣の王は?」

シエラはすまなそうに長い睫毛《まつげ》を伏せた。

「私、まだあまりよくお話しできないけど……。獣の王というのはやはり自然の声を聞く妖精王だったのだけど、平和と実りを好む女王と違って戦いと狩りを好んでいたの。彼は森の獣たちを意のままにして、生まれてはならなかった怪獣を造り、やがて闇への道へ下《くだ》りました。私が今判るのはこれだけ……」

「確かに似ていますねえ」

ロウゼルが腕を組んだ。

「それでどうなるっていうのよ」

ラチータのきつい言葉が飛んだ。

「え?」

「似てるからって何なのよ。この子の言う伝説の女王を探しにでも行くのかい？　女王が呪文でも唱えてグッチンたちをやっつけてくれるって言うのかい？　ああ、何もかも聞かなきゃ良かったわ。悪い奴のことは判った。でも騎士さんにも勝てないような強さで、リュクティ様も操ってるって……一体どうしろって言うのよ。もうすっかり朝――今日もあたしは村で暮らしてくのよ。今まで通りにリュクティ様やグッチンの野郎を誉めて過ごす他に、一体何ができるっていうのさ！　何にも変わんないじゃないの」

「変わるわ、ラチータ。いえ、変わっているし、変わっていくわ」

シエラは紫水晶のような瞳でぴたりとラチータを見据え、きっぱりと言い放った。

「私が他の人より早く成長するのがその証拠よ。森は――私の周りのみんなは、私がのんびりと大きくなるのを待てなかったわ。必要な養分と知識を与えて……そのおかげで下手物喰いと言われたけど、それでも私は大きくなるわ。そして、きっとこの状況を変えることができるわ」

「――お前は、何者だ」

金目の掠《かす》れ声に、少女はふっと和《なご》んで応えた。

「シエラよ、騎士さま。私にはまだまだ知らないことが多いからこうとしか答えられない。でも約束するわ。大きくなって、賢くなって、私の判っていくこと、見ていくこと、みんなお話しするわ――そう、今は靄がかかってよくは判らない、その獣の王のことについてももっとお話しできるようになるわ」

一瞬置いて、金目はすっと立ち上がった。

「好きにしろ」

「騎士さん！」

扉に手をかけた金目に、ロウゼルが叫んだ。

「どうした。まだ何か用があるのか？　俺はあの男に復讐するためだけに、化け物になった今も生きのびている。いずれはグッチンやリュクティとも争うことになるだろうが、関わり合っては損をするぞ」

「そんな……。みんなで協力すれば何か道があるはずです」

金目は木戸に手をかけていた。

少しもたれるように顔を伏せ、一度だけ肩を震わせた。

「俺は」弱々しい声。「こうするしかないんだ。今にきっと皆に迷惑がかかる。忌《い》まわしいのは体だけじゃない。心にもあいつの種がしっかり根づいているんだ……」

改めて木戸を開こうとする金目を、ロウゼルが再び呼びとめた。彼は、

「どうしても僕たちと一緒にいたくないんなら立場を逆にしましょう。僕たちがここを出ます。今日は祭りです。パルからも人が来ますよ」

と真面目に忠告した。

「心配してくれているのか……」

ロウゼルは笑いとばした。

「僕は祭りが見たいだけです」

Ⅲ

灰色の霧も日中は真珠色に見える。東の丘の上にかかった太陽の光に照らされて、薄いベールのような霧はゆっくりと流れていた。

村の広場を、ラチータたちが歩いていた。さまようような、ぼんやりした歩き方である。なんだか、昨日の昼から何年も経《た》っているような気がするラチータだった。恐ろしい目に遭《あ》い、恐ろしい話を聞き、果てしない悪夢を見ているのではないかとさえ思った。シエラだけが、彼女に腕をからませて、きょろきょろとあたりを見まわしていた。

都の華やかな祭りとは比べものにならない貧弱な集まりである。花車も山車《だし》もなく、普段より多少人出があるというくらいだ。霧の中の人影は三百人ほどで、二十軒ばかりの屋台が準備に追われていた。油鍋の火をおこしている食べ物屋や、木で作った人形を売る店、調子はずれの手風琴を聴かせるにわか芸術家などが各村から来ていた。出身はそれぞれの衣装が語ってくれる。北の内陸部ネネメ、シロアは幾何学《きかがく》文様の毛織物、海辺のニキは漁に出るための鍔広《つばひろ》の帽子をかぶっている。魚や波を織りこんだパルの衣装はまだ見えなかった。

何も知らない人々は、明るい声で挨拶を交わし、リュクティの像をのけぞって仰いだ。のしかかるように聳《そび》える守護神像は、ゆっくり流れる霧に体をなぶられながらじっと広場を見下ろしている。

ラチータがひとつ吐息をついた。

昨日までのように素直に像を見られない。女神のぽっかりと洞《ほら》になった眼窩《がんか》には包みこむような優しさを感じていたのに。犬に似た鼻づらと口にはかすかな笑みを感じていたのに。今はどう見ても、意地悪くほくそ笑んでいる顔にしか思えないのだった。

「ラチータ」

振り向くとアーダたちが元気に手を振っていた。アーダを大将に三歳のルシアまでの七人組は、手に手に小遣《こづか》いを持って嬉しそうに飛びはねて来る。

「ラチータも行こ」

「どこへさ」

「何言ってんだい。見世物小屋に決まってんだろ」

ほら、あそこ、と指さした先に人だかりがしていた。

「都からわざわざグッチンさんが呼んだのよ」

とピピンが言うと、

「そんなはずないんだけどなあ」

都人《みやこびと》であるロウゼルが巻き毛を掻きまわして呟いた。

守護像の下は、大人の胸元までの高さに台座がしつらえてあった。重い海砂を支える石の台座の上に、原色の見世物小屋が開いている。

十二頭立ての大きな荷馬車は、箱型の小屋を乗せていた。壁の一面を開いて舞台にしてある。内側には赤や黄の毒々しい大きな花模様が描かれていた。ロウゼルの部屋よりも広い舞台の奥には、真っ赤な布をかぶせた檻《おり》が一つ置いてあった。

「さあて、みなさま、ここにおりますのは毎夜毎夜みなさまの眠りを妨げる化け物、俗に獅子《シシ》頭《ガシラ》と呼んでおります頭でっかちの恐ろしい奴でございます——いえいえ、ご心配は無用。こやつは老いさらばえて弱っている上に、リュクティ様直伝の不思議議な不思議議な檻に入れてありますので、けしてけして暴れることはございませんからして」

てらてらした赤い上着の男が、ちらりと布をまくりあげながら大げさに騒ぎたてた。喋《しゃべ》り方と同じく、どこかなよなよと動く男である。瓜《うり》のような頭に油っぽい髪がぺったりと撫でつけられていた。長い顔にかけた丸い鼻眼鏡をずり上げながら皆の気をひく彼が、どうやら見世物小屋の主のようだった。

「檻の中なんてかわいそうね、獅子頭」

百人ばかりの聴衆が見上げる中でシエラがそう言い、ラチータは慌てて頭をはたいた。

獅子頭は獅子の姿に反して海に出没する化け物だった。ほとんど頭だけに見える化け物は、突然海面を割って飛び上がり、小舟を襲うのである。しかし、霧が濃くなり漁へ出る舟も少なくなったこの二、三年は見かけなくなっていた。

「さて……」

赤上着の男が右手を上げると、にやにや笑いながらグッチンの自警隊員たちが一人のか細い少年をひきたててきた。

「ラチータさん、あの子は――」

「テテ？」

ラチータは眉をひそめて舞台を見つめた。

テテは生白い顔を一層蒼くして怯《おび》えていたが、男たちは彼をこづきまわすようにして周りを囲んでいる。

「老いぼれとはいえ、この獣、まだまだ気持ちは衰えておりませぬぞ。自分よりも強そうなものが現れたならば、ただちにいきりたち、戦いをば挑みまする」

赤上着がばっさりと檻の布を落とすと、深い緑をした変わった格子の奥で、四つの目が薄く開いた。大儀そうに頭を回した獅子頭の汚らしいたてがみと口の端のよだれは、老いを物語ってはいたが、なるほど額に並んだ四つ目の鋭さは最前列の聴衆を一歩退かせるだけの力が残っていた。

赤上着は自警隊の何人かを檻の前に立たせて、獣が見向きもしないところを見せてから、

「そこで登場のこの坊や、弱々しく見えても何かしら獅子頭に迫る強さ——つまりですな、体ばかりでかい自警隊の若者よりも敵と認めるに足るだけの力があるようでござりますぞ」

と言って、嫌がるテテを檻の前にひきずり出した。

獣の四つの目が転げ出そうなほどにカッと開く。

たてがみを逆立てた老獣は、テテに摑みかかろうとして格子にぶつかり、すさまじい苦悶《くもん》の声を上げてその場に倒れた。さすがにリュクティから授かったという特別な檻だけあって、格子に触れた獣はしばらく起き上がることもできない。

格子の中の細かい緑色の粒子はそれ一つ一つが微生物だった。衝撃を受けると針に似た触手を伸ばして神経毒を送りこむのだ。

「おや、坊や？」

芝居がかって男が両手を広げても、すでにテテの姿はなかった。

彼は、獅子頭のあまりの恐ろしさに舞台から逃げ、すぐ後ろのリュクティ像の後ろ脚の半ばにまで昇りつめていたのだ。一瞬のできごとだった。

「どうやら——君の力は逃げ足の速さのようでござりますな」

人々がその一言に沸いた。

ただ、広場をへだてた遠い家並みの陰で、笑わぬ一対《いっつい》の瞳がじっとその様子を見ていた。

獣の気配を感じ、毛布をかぶって出てきた金目《キンメ》である。獅子頭の老いゆえの弱さは充分判ってはいるのだが、リュクティが近くにいるのも感じていた。胸さわぎが彼を広場へ歩ませたのだった。幸いパルの村の者もいないし、角蜘蛛《ツノグモ》退治の噂《うわさ》が効いているのか、グッチンの騎士というので恐れているのか、からんでくる者もいなかった。

獣がいてリュクティの気配もある。何かの事故で檻が開けば、彼女は守護神面して現れればいい。そして一言、私が来ていてよかった、無事でいたければ私のために早く像を作れと言えばいいのだ。

この祭りが像の完成を急がせるための飴《あめ》だとすれば、獣退治の茶番は恐怖とひきかえに彼女の威光を見せつける鞭《むち》にもなろう。

そうはさせまいと気負っていた金目だったが、テテを見て思わず立ちすくんでしまった。

靄のかかった記憶の中から何やら浮かんできそうなのだ。

これからあの子供は賞品をもらう。

「さあさ、テテ君。ごほうびだよ」

それは紙袋に入った……。

「さ、これだよ、英雄君」

金目は赤い上着から油じみた紙袋が出されるのを、胸のざわめきを押さえて見守った。

その中身は、砂糖をまぶした都ふうの揚げ菓子だと——なぜ自分は知っているのか。頭の中の濃い霧のために、それ以上は思い出せないのだったが、金目はいたたまれないほどの不安を感じた。

像の下の人垣が崩れていく。見物を終えた人々は、点在する屋台へと気ままに流れて行った。

その人混みをかきわけて走りまわる赤毛の娘が、金目を見つけた。

「騎士さん！」

ラチータが小鹿のように駆け寄ってきた。

「シエラを見なかったかい？」

「いや」

「どうしたんだろ。頭をはたいたの、怒ったのかな」

と、一番丘側に店を開いていた屋台のほうから幼い子供の泣き声がした。

「誰か、誰か来とくれ！　ラチータは？　ラチータはいないかい？」

赤毛の娘はもう駆け出していた。


シエラは揚げ魚を売る露店の前で倒れていた。

横で串を持って泣いているのはルシアという三つの女の子だ。ルシアが買った揚げ魚を横から一口食べて、シエラは苦しげに倒れたという。

「ちょっと、シエラ！　リトルったら！」

助け起こそうとラチータが手を出したが、長い髪を広げて地に伏した少女は——彼女の手に余るのだった。

だらりとした白い腕はしなやかに長く伸びて、柵《さく》の下に生える草の葉を何枚か握っている。胸の小さな双丘《そうきゅう》がせわしく上下動を繰り返していた。細くしまった足首を、倒れてもなお行儀よく揃《そろ》えている姿がなまめかしいほどだった。

「あんた……」

どう見ても自分と同じくらいの体格に見えるシエラに、十七歳の娘は呆然とした。森小屋にいる時は毎日顔を合わしていれば気付かないほどの普通の育ち方だった。でも昨日からは人間離れしている。ドングリや揚げ魚を口にして倒れてしまうのは、急激な変化に肉体が熱を帯びるからだろうか。それほどまでにシエラは急いで大きくなろうとしているのか。

シエラの白磁《はくじ》のような顔が苦しそうに歪《ゆが》んだ。金目は、皆の注目を浴びるのを承知で、思わず彼女の横にひざまずき、彼女の背に手をかけた。

長い睫毛《まつげ》が震える。シエラが瞳を開く時、金目は光さえこぼれるのではないか、と感じた。深い湖が陽を受けたような、きらめく紫の瞳が金目の腕の中にある。

「——騎士さま……」

美しい少女は自分に釘づけされた金目の視線をしっかりと受けとめて何か言おうとする。

が、その時、金目、と名を呼ぶ者がいた。

「お前、のこのこと——」

男が五人、ずいと前に出た。パルの男たちであった。

陽に灼《や》けた手に、それぞれ鍬《くわ》や太い棒を持っている。

五十がらみの男が、先頭に立ってぐいと棒の先で金目を指した。

「その女を離せ」

男の声が恐怖で上ずっている。

「また八ツ裂きにする気か！」

違う、と言う間もなかった。

左手から鍬が襲いかかった。がちっと火花が飛ぶ。

体格のいい男が満身の力で振り下ろした鍬の刃を、金目の左手は軽々と受け止めていた。

「くうっ……」

パルの男の鍬は甲冑《かっちゅう》の太い腕にじりじり押し返されていく。

金目はシエラを脇へ押しやった。

「聞いてくれ。俺はあの時――」

「うるさい！ 化け物のくせに言い訳するのか」

金目はキン、と鍬を跳ね上げた。

男は息があがっていたが、それでも鍬を構え直す。

たぶん金目の手にかかったのは身内だったのだろう。五人の男たちは命知らずにも一斉に金目に向かってきた。無抵抗な彼に向かってくり出される武器の音、音、音――。

「やめてくれ。これ以上攻撃されると……」

騎士の甲冑が、猫が毛を逆立てるように鬼気を孕《はら》んで膨れあがって見えた。

金目は湧きかえる血を押さえようと努力していた。闇の力とは、抗しがたい闘争本能のことなのだ。ただの人間が相手でも、こう攻撃されては、いずれ正気を失って刃向かってしまうのは目に見えていた。けれど、彼はもう人を傷付けたくないのだ。ないのだが――。

鈍い音をたてて甲冑を叩かれるうちに、金目はだんだん酔ったような気持ちになってきた。

「あ」

金目は、ぐいと鍬を奪ってそのまま鋼《はがね》の刃をぐにゃりとひん曲げた。

人垣が数歩後退する。

金目は兜《かぶと》の中でにやりと笑うと、膝を震わせている正面の男の胸元をつかんで宙吊りにした。

「やめろ!」

左手から二人が飛びかかる。

金目の手の剣がまたたく間に伸び、二人を斬り払おうとうなった。

「だめ!」

思いがけない手ごたえがして、シエラの髪が黄金の雨のように大気に散った。

髪と頰を薄く切られながらも、シエラはパルの男たちの前に両手を広げて立ちふさがった。

「騎士さま、だめ。殺さないで」

宙吊りにしていた男を地に捨てて、金目は少女に歩み寄った。

「シエラ、逃げるんだよ！」

金目の様子がおかしいのに気付いたラチータが叫んだ。

「騎士さま」シエラはできるだけ穏やかに狂気の金目に言った。

「落ちついて。お願い」

悲しい瞳が彼に嘆願していた。

金色の瞳は迷っていたが、手はそのままシエラに剣を振り下ろそうと構えている。

手がぴくりと動き、まさに少女を斬りつけようとした時、

「パナード！」

と、鋭くシエラは叫んだ。

「パナードよ。あなたの相手はパナードよ」

「ナ……ニ？」

金目は憎い敵の名を告げたことはないのだ。名を呼ぶのも汚らわしく思えて、あの男、と呼んでいたはずだった。

「私、賢くなったから。あの人のことが判るのよ」

にっこり笑いかけられて、金目の内部の熱さが潮のように引いた。

殺気をためていた甲冑から力が抜けると同時に、苦いものが体を満たしてくる。

「俺は、また……なんてことだ」

剣を収めた固い指先で金目はシエラの頬の血をぬぐった。

「……俺が……したんだな」

「でも今は優しいわ」

「——すまん」

パルの村人の吐息が聞こえる。命拾いしたのはこの娘のおかげだと理解しているだろうか。

「もう少しでまた人を——」

「言わなくていいのよ」

シエラが笑顔のまま言葉をひきとった。

「誰も傷付かなかったから。もういいの」

とりまいた人々は奇妙な二人を怪訝《けげん》そうに見ていた。ざんばら髪の少女は真っすぐに背を伸ばし、くるりと振り向いた。

「この方——金目と呼ばれる方はもう以前の化け物ではありません。この通り改心されているのです。本当に皆さんを困らせているのは、海の砂をさらい、糊《のり》の木《き》を無意味に伐らせてあの像を作っている者です」

「バカ言うな」

「リュクティ様をそんな風に言うのか」

みる間に雰囲気が険悪になり、娘は戸惑った。ピピンの父親が叫ぶ。

「お前、狂女《くるいめ》のくせに口を出すな」

「急に子供から娘になった！」

「金目の仲間なんだろう」

かっとしたロウゼルが一歩前に踏み出したのを、ラチータがすがりついて止めた。

「ラチータさん？」

泣きそうな顔でラチータが言う。

「あの二人の味方してどうなるの？　あんたはよそもんだし、あたしはグッチンから睨まれている……。今あんたが出ていけば、あたし、村に住んでられなくなるわ」

「でも」

「お願い。こらえて」

ラチータは金目とシエラから目をそむけた。目を落とした地面がすうっと黒くなる。

霧だ。濃い霧が像の後ろから流れて来ている。

上空から羽ばたきが聞こえた。大きな翼は旋回しながら次第に降りてくる。霧の中の影はぼんやりしていて輪郭がつかめなかった。ただ、握った手ほどもある銀色の双眸《そうぼう》が、爬虫類《はちゅうるい》のように縦に切れた瞳孔《どうこう》で地上の騒ぎを見下ろしていた。

「何をしておる?」

低い女の声が降ってきた。

絶好の機会で守護神が現れたのである。

「そこにいるのは金目か」

「リュクティ様」

シエラと金目を除いた群衆が地に伏した。ロウゼルも見よう見まねで這《は》いつくばる。

リュクティの姿を正視するのは失礼とされていた。牙をむく大きな口や、爪の長い竜のごとき小さな前脚、大きく筋肉の張った後ろ脚、ぎらぎらする鱗《うろこ》の肌など、いくら化け物に勝っためとはいえ、女神としてはあまりの醜さなのである。巨像が簡略な造形になっているのもそのせいであった。彼女はこれまで昼間に現れることは一度もなかった。ところが今、霧をまとって人々のすぐ近くにまで舞い降りて来たのである。

やはり出たな。

金目はそう思って身構えた。

「金目、私と一緒に来るがいい」

「館からのお迎えというわけだな。バカを言うな。降りて来い。相手になってやる。芝居はごめんだ!」

霧の上空から女神はホホホと笑った。

「改心した者が私にたてつくはずないわね。あなたこそここまで上がってらっしゃい。そこで争えば皆が巻き添えになるわ。お前の内には化鳥《ケチヨウ》の翼が隠されているはず……さあ、どうするのです？　化け物仲間の姿となって私と戦うか、私と来るか。もし本当に改心しているのなら私の言うこともきけるわね」

金目はぐっと詰まった。怒りに震える手をシエラがそっと握った。

「変身しないで」

え？　金目は愕然《がくぜん》とした。変身などと……。自分に与えられた闇の力の中でも最も忌《い》まわしい秘密を、金目は話した覚えがなかった。

シエラはもう一度言う。

「変身して化け物なんかにならないで。それこそパナードの力を利用したことになるわ。守護神を名乗る相手と戦っても何の得にもならない。お願い。ここは言うことをきいて」

「――よかろう」

さきほどまで獅子頭が入っていた見世物の檻が大きな音をたてて霧の空から落下した。中は空《から》で獅子頭の姿はない。

金目はおとなしくリュクティが命ずるまま檻の中へ入った。

赤上着が扉を閉めようとすると、シエラまでも入りこんで行く。

「シエラさん」

たまらずロウゼルが飛び出したのを、シエラは微笑みで制した。

「騎士さまと一緒に行くわね。それに、私がいてはラチータが苦しむわ」

ラチータの肩がびくんと動いた。

赤上着が、よろしいので？　と上を見上げると、霧をついて、ひとかかえもある太く醜い馬の後ろ脚が鶏のような指を広げて檻をつかんだ。ほんの一瞬のことだった。

呆然とする人々の輪の中心に、肉の塊《かたまり》が降った。

檻を空けるためだけにリュクティに殺された獅子頭は、たてがみを血まみれにしてごろごろ転がる。

「始末しておいてね」

笑いさえ含んでそう言った女神の影が消えて行く。

人々はしばらく動けなかった。初めて間近に見た、黒い鱗や鋭い蹴爪《けづめ》が悪夢のようだった。

あまりに――醜い。

ただロウゼルだけはじっと獅子頭の憐れな死体を見ていた。リュクティの爪跡も生々しい傷から暗赤色の血が流れ続けている。その血がのたうつように見えるのはどうしてなのだろうか？

村はあっという間に霧に隠され視界から消えた。眼下はじきに鉛色《なまり》の海になる。リュクティは北へ向かっていた。

吊り下げられた檻は乱暴に扱われ、金目はなんとか格子に触れまいと踏んばったが、甲冑の皮膚がそれをかすめるたびに、神経毒を打ちこまれる激痛が走った。

腕の中でかばうシエラが、もぞもぞと服の中から草をとり出した。倒れた時に握っていた細い草である。

「何だそれは」

「あのかわいそうな獅子頭を檻から出してあげたくて、毒消しの草を摘《つ》んでおいたの」

「檻のしくみや……毒が判るのか」

シエラは草を自分の口に含んで嚙みはじめる。

格子の上下にねっとりしたそれを貼りつけると、緑色の微生物は餌を見つけた虫のようにゆっくりとその薬のほうへ寄っていった。

「賢くなったでしょ？」

金目は言葉を失った。

リュクティの飛行は五時間に及んだ。

やがて右手の内陸が灰緑色の森から雪のような白に変わる。都への旅程の難所〈牙の荒れ地〉が東西に冷たく岩肌を横たえているのだった。ひび割れた鋭い荒地の西の端は、そのまま切り立った断崖絶壁となって海へ落ちこんでいる。リュクテイは一度沖へ向かい、その崖へ体を向けた。

「霧噴キ《キリフ》、おやめ！」

リュクティの声と同時に、視野が回復してくる。崖の中腹から噴き出ていた霧は、しゃくりあげるように大きな塊を二度吐いて止まった。

霧の噴き出す穴の上、白い垂直面にバルコニーが張り出している。王侯貴族の館のような立派な石造りのバルコニーに着地するため、リュクティは小刻みに翼を動かした。

バルコニーの他に、よく見ると小さな窓が崖一面に五十ほど散在している。象の大きさのネズミの化け物、モグラネズミが前歯とシャベルのような脚で掘りあげた崖の中の城——それが化け物たちの父、パナードの館であった。霧と〈牙の荒れ地〉に閉ざされたこの館こそ、化け物たちの棲《す》み家なのだ。

館の二十の部屋は完璧なまでに美しく飾りたてられていた。都からの豪華な調度品は金や銀でふんだんに覆《おお》われ、隅々に置かれた彫刻も美しい乙女や若者の大理石像。

だが、最高のもの、完全なものを愛する屋敷の主人が、隠したくとも隠しきれぬものがあった。

甘ったるく焚《た》きこめた香も消せぬ腐臭。地下の牢で、そして階上の部屋で喚く獣の声。

大広間では、グッチンたち七村の長が羊のように肩を寄せあって立っていた。立派な体格の者が四人、ぎすぎす痩《や》せて眼光のみがぎらついている男が二人。もう一人は、パルの村で金目を導いた筋肉の塊のような男で、彼もまた、今は村長《むらおさ》としてここへ来ているのだった。いずれ劣らぬ強欲ぞろいだが、みな一様に肩を丸め、居心地悪そうに部屋の真ん中に寄り集まっている。

「どうだね、良い眺めであろう」

北の凍土を思わせる声が彼らの背を撫で上げた。

「は……はい、それはもう」

愚にもつかぬ返事をしながら、グッチンは丸まっちい手で猪首《いくび》の脂汗を拭《ぬぐ》った。自分の邪魔になる者に〝敵対の印《しるし》〟を振りかけ、多くの血を流させてきた彼らでさえ、そこでは生きた心地がしないのだった。

黒い部屋だ。十三層のうち、四階分をぶち抜いた吹き抜けの部屋は、塔のように高い天井と艶《つや》のある黒曜石の六角の壁に囲まれている。黒い水晶の内部に入るとこう見えるのかもしれない。水晶柱の頂点である天井の中心から大きなシャンデリアが吊られていた。ただ、中央に敷いた絨緞の他に調度品らしきものは何一つない。部屋に置かれているのは、ねっとりした液を湛え三叉《さんさ》の鉄の脚に支えられた無数のガラス球だ。

大小さまざまの球体の中では、凶々《まがまが》しい肉の塊にしか見えないものや、ねじくれた角を生やした怪物、目玉をぎょろつかせた獣たちが、それぞれ臭い気泡を吐いている。

臭いを発しているものはそれだけではない。〝できそこない〟と呼ばれる失敗作が、あるものは檻に囲われ、あるものは鎖に繋《つな》がれて転がっているのだった。生きているだけで用をなさない〝できそこない〟たちは、ひからびた手で歪んだ顔を覆い、はみ出した内臓の中で丸まるようにして、ぎいぎいと狂った声をあげた。

ひっ、と村長たちが縮こまるのを、主《あるじ》は嬉しそうに見つめた。

「お前たちの村へ行かせている者だけが私の息子たちではないということが、判ってもらえたようだな」

パナードは、腐りながら成長している傍らの〝できそこない〟に手をかけて壮絶な笑みを浮かべた。

長い緋色《ひいろ》のマントが、灰色の髪が、鼻梁《びりょう》の高い高貴な顔が、漆黒《しっこく》の壁に万華鏡のように映った。

「化け物たちはここで生まれ、お前たちの役に立つ。ここは強いものの生まれる世界の中心だ――もう少し感動しても良かろう?」

「どうしてこの……この素晴らしいところを見せて下さるので?」

グッチンが唇をなめなめ言った。

「私ども、何度もお屋敷でごちそうになってまいりましたが……なぜ今回のお招きは特別なんでございましょう」

「そろいもそろって血のめぐりが悪いのね」

壁の一面が割れて、女の声がした。

「これは……リュクティ様。お戻りですか」

頭を垂れる男たちを見下ろして、リュクティは気取った足どりでパナードへ近づいた。

醜い竜もどきではなかった。美しい女の姿に変わったリュクティは、変身の熱のせいでうっすらと汗ばんでいる。切れ長の目に血の色の唇が妖しい魅力を発散していた。ほつれた黒髪を細い指で掻き上げると、主と同じ緋色のマントが絹ずれの音をたてた。彼女は金目が誕生するまでは、仮の姿とはいえ人間の形になれる唯一の化け物だったのである。

「殿は――パナード様は、お前たちやお前たちの飼っている働きバチたちがもっと熱心に作業をするようにお望みなのだよ」

「そりゃあもう」ネネメの長が揉み手をした。「ここを見せていただくまでもなく、世の王であるる偉大なパナード、リュクティお二方のお力は存じております。パルの長も替わり、今日は追いこみを前にした祭りと称してキヌーヌの村人がギーンに集まっていることでしょう。彼らはそのまま働かせますから、必ずや開眼式《かいげん》には皆がひれ伏すような像が出来上がります」

「本当かしらねえ」

意地悪く言うリュクティに、村長たちは口々に誓いをたてた。

「そういじめるな、リュクティ。これから女王となるべき者が民をいたぶるでない」

パナードの薄い唇から漏れた言葉に、リュクティは、うふふ、となまめかしく笑った。

「お前たちをここへ呼んだのは、リュクティの像を建ててくれた礼に真実を教えてやろうと思ってな。お前たちは何も知らない。だからこのかわいい獣たちを恐れているのだ。こいつらは私の力を受けた者。いわば、本当の子供だ」

パナードはぞっとする目で村長たちを見渡し、続けた。

「私には力がある。お前たちの及びもつかぬ力がね。私は数百年の昔から永遠の命を生き、その長い時間の中ですべての生き物の姿や記憶を得た。なぜ馬は草のみを食べて肥えるか。なぜ蛾は明るいところに舞い集《つど》うのか。お前たちには判るまい。私にはすべてが理解できる。彼らが好む食べ物、匂い、彼らの体の仕組み――」

パナードは白い指先を狼のような歯で嚙み、赤い血を〝できそこない〟にかけた。

糸のような血が、それ自体が生き物であるかのように一度のたうち、ぱっと散って〝できそこない〟の斑《まだら》のある青黒い肌に吸いこまれていくのを、長たちは息を詰めて見守った。

きいいい、と金属質の声を上げて〝できそこない〟が顔を上げる。殴りつぶされたような人間の顔が一層どす黒くなり、枯れ木のような手首にはめられた鎖ががちゃがちゃ鳴った。

その背が丸くなったかと思うと――皮膚はあちこちにカビのような毛を伸ばし、それが脱け、瘤《こぶ》からは触手がひょろりと出ては腐り、羊の角がうねうね生え出しては曲がった先端で自分の肉を貫いた。

村長たちは、その見世物に膝を震わせている。

「おや、多くを与えすぎたようだな。私の持つ生き物の記憶のうちの、ごく一部だったのに。所詮は〝できそこない〟……私の力を正しく受け取れない悲しい息子」

パナードは、さっと腕を上げてマントを払うと、顔色ひとつ変えずに、腕を肩口まで〝できそこない〟に突き刺した。

〝できそこない〟はもう動かなかった。生命の何たるかを知る男に、正しく急所を傷付けられて、瞬時に息絶えたのだった。

体液やら肉片やらで汚れた白い腕を、リュクティがかしずいて拭う。

「私はこの力で王になる。この地方の、ではない。まずは都。そして隣国、そして大陸、そして世界の王になるのだ。皆、もっと嬉しそうな顔をしたらどうだ、ええ？　お前たちは私を崇《あが》め私の片腕であるリュクティの像を造る栄誉に浴しているのだぞ。どうだ、働く気が起きたか」

「に……人間じゃない……」

村長たちの中から声が漏れ、リュクティの銀の瞳がかっと開いた。

「何やら聞こえましたけど」

七人の男は、震えで歯の根が合わず、誰の口から出たものか判別しがたかった。

「風であろう」

パナードは、にたりと笑う。

「風が今、人でないと吹いていった。そうとも。私は人でない。化け物と呼ばれるこいつらの父であり、また神でもある。けれどお前たちも何万年か前は猿だった。一番最初に二本足で歩いた猿は、仲間から化け物と呼ばれたのではないかね？」

明らかに脅《おど》しだった。

恐ろしい見世物と彼の冷酷さを見せつけられて、村長たちは、自分たちに逃げ場はなく、この美しい男に従うしか生きる道はないのだと、骨の髄《ずい》まで知らされたのだった。

「いいかげんにしろ！」

凜《りん》とした声が黒水晶の間《ま》に響き渡った。

荷馬車ほどもある巨大な亀が、金目とシエラを入れた檻を乗せてよちよち歩いてきた。

「何が王だ。何が父だ。貴様は生き物で遊んでいるだけだ。よく見ろ。その〝できそこない〟たちだって村々からさらってきた人間のなれの果てなんだぞ。それを、簡単に――」

夜行獣の出没する森で行方不明になった村人は多い。リュクティや金目の生まれる前に、どれほどの試みがなされ、失敗したのか。

もしかしたら、これら肉の塊になり果てたものどもは、以前笑って言葉を交わした隣人かもしれない……。長たちは、一層身を寄せ合った。

「そんなところに捕らわれていて、大口たたくのね」

舌で赤い唇をなめて、リュクティが近付いてきた。

「殿に支配されるのは幸せなのよ、金目。都をごらん。穏やかな王の平和は百年と続かなかったじゃないの。みんな、支配者をひ弱と見て、自分に勝ち目があると思うから争いを始めるのよ。でも、殿は違うわ。最強の方よ。誰も勝てるなどとは考えないし、争いも起こらない」

「双方に獣を売って私腹を肥やし、都の争いを煽っているのはお前たちじゃないか」

哄笑《こうしょう》が黒水晶の間に響き渡った。

パナードは優雅に蔦《つた》模様の絨緞《じゅうたん》を踏んで檻へ近付く。

「惜しい――惜しいよ、金目」

彼はそう言った。

「お前のその意志……強い者に刃向かおうとする闘志……私の血肉を受けても自分の意識を失わず、かといってリュクティのように竜と人型とにしかなれぬというわけでもない――お前は私の自慢だよ。肉を取りこめば別の生き物の姿をいくらでも奪えるところなど〝できそこない〟とは雲泥《うんでい》の差。どうだね、家出をしている間に新しい姿を手に入れたかね」

「それが、殿……」

リュクティが耳打ちをすると、彼は少し眉を上げた。

「人前では変身しなかったというのか。立派な心がけだな。その腹の口から奪った化鳥の肉はまずかったとみえるな」

檻の中の騎士は屈辱と怒りで体がひとまわり膨らんだように見えた。

「俺はこれ以上の化け物になりたくはない」

「今のままで充分、とな？　ならば私のもとへ帰るがよい。もう村へは戻れまい。人々から嫌われ、恐れられる——そんな生き物なのだよ、お前は。お前は美しいヒトの姿をしている。都へ乗りこむ暁にはさぞかし皆から好かれることだろう」

「——都をどうするつもりだ」

「支配する」

「コブオオカミごときで、ではないな？」

「無論」

金目はパナードが嬉しそうに笑うのを見た。

「リュクティの像でか」

「その通り」

格子越しに金色の目と灰色の瞳が緊張を孕んで対峙《たいじ》した。

「望みとあらば、お前をかばったというその娘も仲間にしてやってよいぞ。〝できそこない〟になってしまわないなら、リュクティをしのぐ美形になるだろう」

シエラが、金目の背に貼り付いた。

「そうはさせない！」

切断された格子が飛ぶ。

右手の剣で上を、左手で下を薙ぎ払って檻を破った金目は、パナードに躍りかかってかわされ、つんのめった。

「化け物封じの檻を——その知恵、どこで手に入れた？」

はるか高みでパナードが目を細めた。その背には、大きな翼が生えていた。全ての生き物の特質を持つ彼もまた、当然のことながら自分の姿を変えられるのだった。

甲冑の銀の残光を曳《ひ》きながら金目が跳ぶ。

「殿！」

足をリュクティに摑まれて落ちた金目の鼻先で、今まで妖しい美女であったものが苦悶の声をあげながら本性へ戻っていく。白かった肌にはふつふつと鱗が浮かび、口元が醜く盛り上がる——。

ぴんと立ちあがったリュクティの犬のような耳の横で風が鳴った。

血の糸を引いて金目が絨緞の上へ立ったのと、喉元を浅く切られたリュクティが横ざまに墜落するのとは同時だった。

「惜しい……惜しいぞ、金目！」

むしろ嬉しそうにパナードが言った。

「お前の血の騒ぎが聞こえる。ほら、もっと強くなりたい、戦いたいと騒いでいる。戦え、金目！　戦って相手を取りこみ、もっと強くなれ。お前は私と同様にその力がある！」

扉が開かれた。リュクティの下僕《しもべ》たちが黒雲のように押し寄せる。

蛙《かえる》を踏みつぶしたようなグッチンの声がした。温かなガラスの子宮の中で誕生の時を待っていた怪獣が解き放たれたのだ。それらは、ぽたぽたしずくをたらしながら金目を遠巻きにした。

騎士の甲冑の中では、戦いの喜びが湧きあがりつつあった。頭から爪先まで響く動悸《どうき》は、パナードの言葉と化して彼を惑わす。

あの右側のヤツは天井まで跳べる鋼の後ろ脚をしているぞ。見ろ、正面にいるヤツの梟《ふくろう》みたいな目玉を。あの赤い化け物は蛸《たこ》に似た触手を自慢たらしく伸ばしている——。

欲しくないか？　あいつらの姿が。

手に入れるのは簡単だ。腹のところを少し開いて吸収口を伸ばし、肉を喰らえ。あいつらの肉さえ取りこめば、その通りにこの体は変化できるのだぞ。

ほら——戦って、喰らえば……。

変身。それこそ化け物としての金目の最大の武器であった。戦う敵を腹から伸びるミミズのような吸収口で取りこみ、肉を分析し、姿を真似る。しかしそれは自分を捨て、別の化け物になることでもあった。

「……くっ」

金目は欲望に負けまいとなおも踏ん張った。

「やっておしまい！」

爪の長い前脚で喉元を押さえたリュクティの合図で、下僕がわっと群がった。

「来るな！」

目や関節の蛇腹《じゃばら》をねらう下僕たちを手の剣で落としながら、金目は叫んだ。

戦いを欲する体と心の葛藤《かっとう》と。このままでは昼間の二の舞いである。

「騎士さまあ！」

シエラの声がねじれた。金目の払った下僕の一匹が、檻の中へ飛びこんできたのだ。

金目は絡みついてくる蛸の化け物の吸盤を足の剣で刺し、怯える少女に駆け寄ろうとした。

が……。

「──何」

「言っただろう」翼をたたんで床に立つパナードは、あやすように微笑んだ。

「私は神だ。こういうものも作ってみたんだよ」

茶色い線で描かれた敷物の柄が、みるみる立ち上がって蔓《つる》を巻いていく。パナードの足のリズムに合わせて、蔦は目に見えぬほどの速さで宙を切り、たちまち金目を締めあげてしまったのだ。

甲冑が軋《きし》み、目がかすんだ。

「気が変わったかね、金目。今度は少し念入りに人間だった時の記憶を消してあげよう。失くなるよ、悩みも、苦しみも……」

ここまでか、と金目は思った。

村人たちには関わらぬようにしてきたつもりなのに、結局、少女を巻きぞえにしてしまった。こうなってしまっては、死ぬよりもなお辛《つら》いことが紫の瞳の娘を待ち受けているだろう。醜い姿になっても、せめてあの純粋なまなざしは変わらないでいてくれるだろうか。こんな自分を慕ってくれ、殺人を止めてくれた少女を、俺は守れなかったのだ。

「ごめ……ん」

ぎちぎちと音をたてて、あらゆる関節が逆方向へ引っぱられる中、騎士は優しい言葉を吐いた。

と——急に呪縛《じゅばく》がゆるむ。

まだかすむ彼の視界で、パナードが驚愕の表情で立ちすくんでいた。

シエラの白い喉に赤い血が幾筋も流れて胸元を染めていく。

あどけなさを残す娘は、リュクティの醜い下僕をくわえて大きくのけぞり、喉を鳴らしてその血を飲み干しているのだった。

「——その目、まさか」

唸るように言ったのは、今の今まで落ちつきはらっていたパナードその人である。端整な顔に脂汗まで浮かべて、奇態を演じる娘の瞳に心を奪われていた。

「殿?」

金目はその一瞬を逃さなかった。

「殿! 殿、どうなさったの? 殿!」

主人の狼狽《ろうばい》に驚いたリュクティがヒステリックに叫んでパナードに駆け寄った。

氷像のようにすくんでいたパナードが、はっと気をとり直した時、金目と娘の姿はもうなく、開け放たれた黒曜石の扉がかすかに動いているだけだった。

「追っ手を——」

パナードは手でそれをさえぎった。

「でも」

「いや、いいんだ」

主たる彼の放心そのままに、化け物たちもおとなしくなっている。

リュクティだけが、いいしれない不安を抱いていた。この方をこれほどまでに打ちのめしたものは何なのか。竜の姿が醜いと言われれば、辛い変身にも耐えて人間になる。緋を好むと知れば、自ら日がな機《はた》も織った。そうして尽くし愛しても、動かしようのなかった彼の心を乱したあの娘は誰なのだろうか。

「生きているはずがないな」

「え?」

パナードは弱々しく言った。

「あれはもう何百年も前に死んでしまった。紫の瞳をした女を久しぶりに見たので取り乱したようだな。すまない」

「——いえ……」

「たとえ、死の淵から甦《よみがえ》ったとしても、わざわざここへ来るはずもないのに」

パナードは、ふっと自嘲した。

リユクティは、へたりこんでいるグッチンにきっと目を向けた。

「あの娘は？」

恐怖で混乱した頭をグッチンは勢いよく横に振った。

長いこと人里離れたところで暮らし、しかも急激に成長した今のシエラを、彼が判らないのも道理である。

「もうよい、リユクティ」

リユクティは元気のないパナードの手をとった。

「殿。今は私の像の開眼式のことだけお考え下さいましな。あんな娘のことなどお忘れになって」

「そうだな」

パナードは穏やかな遠い目をした。

「もしも運命などというものがあるならば――またきっと会えるだろうしな……」

リュクティは、歯をくいしばってまた人型になろうとしていた。今は少しでも美しくありたかった。ただ、彼女の胸の奥で娘への嫉妬《しっと》の炎が燃えたち、それは変身の苦しさよりも辛いのだった。


どれくらい歩いただろうか。

地下道では時間も距離も判らなくなる。ただ湿っぽい石畳と、目地に生えた青い光り苔《ごけ》の描く網模様がずっと先まで続いているのだった。

地下道はパナードの館からキヌーヌのあちこちに続いている。多くは魔性の森へ、そして各村の彼の手下の屋敷へ。その道は夜の化け物たちが霧とともに来る道であり、またリュクティに追われて逃げ帰る道であった。

金目はシエラを抱いてギーンとおぼしき方向へ歩いていた。

彼の逞《たくま》しい胸の中でシエラは着実に重くなる。金目の疲れのせいなどではない。彼女の髪は艶やかな黄金《こがね》の滝となって確かに伸びているのだ。

「もうこれ以上重くならないから」

熱で桜色に染まった娘は恥じらいながら言った。

「どういうことだ」

「もう大きくならないわ」

シエラはふう、と熱くかぐわしい吐息をついた。

細くとがった顎、通った鼻すじ、上品な小鼻、小さな紅い唇——抱いていることが幸福に感じられるような美しい女になっていた。

けれどその成長の原因を考えると、金目の胸は痛む。

「お前は食べるたびに成長する。賢くなるとも言う。お前は……本当にパナードの仲間ではないのか？」

「どうして？」

大きな瞳に見つめ返されて、金目はぎこちなく目をそらした。

「ごめんなさい。意地悪だったわね。似ているっておっしゃりたいんでしょう？　私と、パナードやあなたとが」

金目は黙って十歩ほど歩いた。

「同じなんだわ」

「何が」

「パナードと、私」

金目は、さらに三歩歩いた。

シエラは細い腕《かいな》を太い首にまわして、彼にぎゅっとしがみついた。

体が震えている。熱のためだけではなかった。

「私、獣の血を呑んでしまった。そうしなくてはならない気がしたから……。パナードの血を体に入れてしまった私にこれから何が起こるか……。突然、姿を変えてしまうかもしれない。突然、争いたくなるかもしれないのね。私もいつか、騎士さまが狂ってしまった時のようになるのかしら？」

「お前が何であれ」

と、男は娘をあやすようにゆすって言う。

「狂って再び獣になりさがろうとした俺を止めてくれた。やつの血のせいでお前が狂うのなら、今度は俺が止めてやる。たとえ死をもってしてでも」

シエラは金目の肩で唇をきつく結んだ。

「ネズミや揚げ魚のように、下僕の血はお前に何か教えてくれたか？」

「――ええ」

「なら、話してくれ」

「でも」

「そういう約束だろう？」

新たな知識を得た娘は、かすかにすすり泣きを始めた。

「怖いのか？　でも知ってしまったものはしかたがない。奴がどんなに恐ろしくあくどい生き物だろうと、俺はできる限りの力できっと倒してみせる。だから――」

「違うの」

温かい涙が甲冑の肩あてを滑って落ちた。

「違うの……彼は――悪くないのよ」


寝室というのにベッドがない。

崖の中の館の最も奥、〈牙の荒れ地〉の地下深いところにある窓のない部屋には、柔らかな毛皮が敷きつめてあるだけだった。

部屋を半分に分ける形で、白いカーテンがかかっている。

その夜、パナードの寝室には水音が響いていた。

ロウソクの灯で薄いカーテンに影を映しているものは、風呂にしては深く大きすぎるし、水音はあきらかに水浴びの音ではなかった。

「殿、お休みですか？」

人の姿のリュクティが暗い部屋に入ってそう訊《たず》ねた。

「いや、かまわん」

たぷん、とまた水の揺れる音。

「今グッチンに使いを出しました。お言いつけ通り、金目と同じ模様のかけらも三日ほどで用意できます。今日の祭りで赤上着が目星をつけた少年も、今ごろは菓子の毒が効いているでしょう。あとはおまかせ下さい」

パナードはカーテン越しに、

「ご苦労」

と声をかけた。

声は水の中から聞こえるようだった。

「殿、お体の具合は？」

「今はまだ――人の姿は疲れるが、こうして元の姿で栄養液に漬《つ》かっていればじきに疲れもとれる」

「村長たちの前で大切な血の力を見せたりなさるからですわ。殿はすべての生き物の姿と記憶を持つ大事なお人――もっとご自愛下さい。人間どものほうは私がちゃんとやっておりますから」

「そのためにも、早く金目を手に入れねばな。今日はどうかしていた」

リュクティは紫の瞳の娘を思い出して、顔をしかめた。

「まあよい。あれが逃げてくれたおかげでグッチンに恩を売ることができる。今度の策略がうまくいけば、金目ももう村へは行けまい。いずれ私の手の中へ戻ってくる」

栄養液の中でパナードは含み笑いをした。

「殿――」

「何だ」

リュクティは頬を染めた。

「私があの像を無事に操ることができたら、都へ行く時には殿の横に立って、女王と呼ばれるのでしたわね」

「あの大きな像を上手に動かせればな」

「動かします！　十日後の開眼式の日には立派に動かしてみせますわ……ですから――」

少し間があった。

「金目が戻ってきても、私のことをずっとかわいがって下さいましね」

「あははは……」

ばしゃんと大きな水音をさせて彼は笑った。

「何を言うかと思えば。心配するな。奴は私に若い体を与えてくれるだけだよ」

「でも、今もこうして金目にご執心ですわ。裏切り者だというのに」

パナードは諭《さと》すように言った。

「裏切るという心根がかわいいではないか。奴はどう頑張っても私には勝てん。あれが私のようにすべての生き物を取りこんで強く賢くなるまで何百年かかると思うんだね。そうしない限り、私とは勝負にならんさ。それに今夜捕らえる少年で代用がきけば、彼などに用はない。所詮そんな役目でしかないのだよ」

「だって……殿ったらいつも金目、金目だったんですもの」

パナードはすねるリュクティに憶面もなく言った。

「大事なのはお前だよ」

あの少女よりもですね。

リュクティは心の中で、そう念を押した。

シエラが連れ去られて三日過ぎても、ラチータはまだ元気がなかった。

「ラチータ。いい加減に沈むのはおよしよ。誰もあんたのこと恨んじゃいないんだから。あたしだって立派な騎士姿の人がグッチンさんを訪ねて来たら、ほいほい村へ入れちまうよ。よそ者がみんな悪いわけじゃないしさ。ロウゼルさんなんて、ほんと、気のいい人じゃないか」

タニアおばさんがそうなぐさめてくれても、赤毛の少女は弱々しく笑い返すだけだった。

そんなことじゃない。と、ラチータは自分を責めた。

あんな騒ぎがあってさえ、青い甲冑《かっちゅう》の騎士のことを悪い奴だとは思えなかった。

「戦いたくないんだ」

彼の叫びはまだ耳に残っている。

なのに、あたしは檻《おり》で運ばれるあの二人を助けようとしなかった——。騎士さんは最初っからあたしを巻きこむまいとしていたのに、計画もまるでたっていないグッチンへの復讐のために、あたしが村へ入れてしまったんだわ。そして、救おうともしなかった——。

二人を弁護しようものなら、ラチータは今頃こうして鍋に向かっていられる身分ではないだろう。村を追い出されるか、グッチンに捕らえられるか、もしかしたら騎士の言っていた恐ろしい男の前に引き出されているかもしれないのだ。

あの時はたしかにそう思った。けれど……。

もしも大声で騎士の辛《つら》い過去やグッチンの悪業を叫んでいたら?

この身はどうなれ、村の人たちの心に疑惑を抱かせるぐらいのことはできたのではないだろうか。

ラチータは、何十回めかの溜め息をつきながら、木杓子《きじゃくし》で大鍋の中身を混ぜ返した。

あの日集まった人々はそのまま作業にかりだされていた。村の空き家や家族の少ない家へ分散して宿をとり、ひたすら像の鱗《うろこ》を貼りこんでいる。開眼《かいげん》式まであと七日。夜も篝火《かがりび》を焚《た》いて作業は続けられ、男たちはほとんど働いているか眠っているかのどちらかなのだった。倒れそうになるまで働く、ということは決まった時間に食事すらできない、ということである。

このところラチータは一日中食事のしたくに追われていた。

像のために土砂《どしゃ》をさらい尽くしたので海の底が荒れ、霧の薄い日でも漁は望めなくなっていた。手間のかかる農作業ができないのは無論である。

鍋の中身は人々が各々持参した食糧と、本来なら一年間食い延ばすはずの蓄えで――しかも底をつきかけていた。

調理のたびにグッチンのところへ材料をもらいに行く女も増えてきている。グッチンはリュクティに食べものをわけてもらい、それを女たちに渡している、という。

それは都から来るのだろうか。

化け物とひきかえに。

または、人間の血がついた化け物の背に揺られて、リュクティのところから運ばれているのだろうか……。

「ラチータ！」

「きゃっ」

ラチータの驚きようにアーダのほうがびっくりしてしまった。

「何、その袋。ネズミ？」

アーダは、いたずらっ子の面目躍如《めんもくやくじょ》といった風に、麻袋をかかげて人さし指で鼻をこすった。

袋の中身がごそごそと動いている。

「スープに入れれば――」

「や、やめてよ」

「冗談だってば。何慌ててんだよ」

アーダが不思議そうな顔で言う。普通ならばゲンコが降るか、よしお前食べろよ、の一言ぐらい返ってくるところなのだ。

「ホントはロウゼルさんとこに持ってくんだよ」

「どうして?」

「なんでも、ジッケンってのをするんだって」

「ジッケンって何よ」

「知らない。でもさ、部屋の中に蛇だの蛙《かえる》だのネズミだの虫だの、いっぱい飼ってるんだよ。でね、なんか血みたいなのを眺めて、ため息ついたり唸ったり」

「ふうん……」

都で教育を受けたのであろう青年が、何やら賢いことをしているのに違いなかった。

「よし、一緒に行くわ」

鍋の火を消し、蓋《ふた》をしてから、ラチータは久しぶりに明るい声を出した。

「そうこなくっちゃ、親分!」

アーダがパチンと指を鳴らした。

外に出ると、白く煙《けぶ》る霧が体を濡らした。

鬱陶《うっとう》しい霧は毛穴からしみこみ、頭にまで膜をかける。単純な作業を繰り返して疲れた人々は、その中にいてむつかしいことを考えようとしなくなっていく。

例えば、像を造ることで守護神を喜ばす他にどんな利益があるのか、とか、出来上がった像がギーンへ来る獣に睨みを利かすとしても他の村はどうなのか、とか。

人々はただ働き、時の感覚を奪う白い世界の中で何も知らず貝を手にしている。一枚貼るごとに開眼式は近付く。そして何か良いことがきっと起こる……。

みんなはそう信じているのだ。

――あんたたち、いいのかい？

ラチータは灰色の影に見える巨像と村人たちにそう言いたかった。

――流されちまって、いいのかい？

けれど祭りの日にシエラたちをかばう勇気を持てなかった少女は、口に出しては言えないのだった。

ロウゼルは違った。

「やあ」

細面に似あわぬ無精《ぶしよう》ヒゲをまばらに生やした若者は、少しおちくぼんだ水色の目でラチータを見ると、嬉しそうに笑った。

鮮やかな黄色の服にはあちこちに黒っぽい血の染《し》みができ、大きな手には咬《か》み傷や引っ掻き傷がいっぱいできていた。

テーブルの上には、血で汚れた鳩《はと》用の通信筒が五、六本と、不器用にこしらえた小さな籠《かご》がいくつも置かれている。その中ではネズミや蛇などの小動物が動いていた。草を入れたものにはバッタかなにかの虫でもいるのだろう。

「すごい匂いね」

口元を押さえてラチータが言うと、

「ああ、ごめん。大丈夫？　気分悪くないかい」

と、優しいことを言う。

「僕の匂いも混じってるかなあ。なにしろ、水浴びしてからだいぶたつから」

ロウゼルは苦笑した。

「ジッケンって？」

「うん――」

彼はアーダから袋を受けとると、手を入れようとした。

「あ、ヘビも、入ってるよ。毒のないヤツ――だと思うけど」

ロウゼルは口を歪《ゆが》めて、ありがとう、と気弱に言った。

「都に帰ればいろいろ器具もあるんですけどねえ」

「キグ？」

「道具のことですよ」

「――あんた、学者さんなの？」

「ってわけでもないんですけど……てっ！」

振りまわした手の先に、指をくわえこんだネズミがぶらさがっていた。

「ね、ちゃんと言われた通りに威勢のいいヤツを捕まえてきただろ」

自慢たらしくそっくりかえった男の子に、久しぶりのゲンコが降った。アーダは、笑って逃げる。

「やっぱりラチータはロウゼルさんのこととなると元気になるんだねっ」

「……この！」

実際、からかわれる通りなのだから、ここはもう怒るしかない。アーダは、ひゃあひゃあ言いながらラチータのこぶしの下を逃げまわった。

動物たちが騒ぎはじめる。

「あの、できたらコイツを押さえててもらうとありがたいんですけど」

「あ、ごめんなさい」

ラチータは「コイツ」がネズミだとわかって顔をそむけた。ロウゼルはネズミの首に青い糸をかけながら、

「謝ることないんですよ。ラチータさんが元気だと、僕も嬉しいから。本当は実験の結果が出てから話そうと思ってたんですけど、ちょっと気付いたことがあって」

「何？」

「まあ、見てて下さい」

青いリボンをかけられてもかわいいとは言いがたいネズミを、ロウゼルは大きな空《から》の籠に入れた。

「これは今捕ってきてもらったもの。そしてこっちは……」

と、バッタを取り出す。

バッタはぎざぎざした後ろ脚でロウゼルの手に薄い傷をつけた。翅《はね》をふくらませて威嚇《いかく》までする。

ラチータは不思議そうに顔を寄せた。

「近付くと危ないですよ」

「バッタが？」

「ええ。こいつには例の獅子頭《シシガシラ》の血を啜らせてあります。草に塗っておいたんですが、塗ったところだけきれいに食べましたよ」

そんなばかな、とラチータが言いかけた時、戦いの幕が切って落とされた。

無関心だったネズミのピンクの鼻先に、殺気立った様子の昆虫が飛びかかった。

「うそ」

アーダが信じられない、という顔をする。

ネズミはむしろ逃げまわっていた。

が、ひととおり走りまわるとネズミは逃げ飽きた。

ほぼ三口で、バッタはネズミの前歯の奥に吸いこまれた。

「このバッタだけじゃないんです」

と、ロウゼルは解説した。

「獣の血を口にしたものは、なぜか自分より強いものに歯向かうんです。ほら、あの赤上着の男が獅子頭をそんな風に言ってたじゃありませんか。で、ですね。こっちは置いておいて、次」

三日間不眠不休でいろいろ試していたロウゼルは、目をしばしばさせながら、赤い糸をつけた一匹のネズミを登場させた。

「今度はこいつです。これもあの血を食べています。で、条件反射というのをやっておきました。あー、簡単に言うとですね、エサを使って芸をさせる、ということですね。ま、芸といってもネズミが綱渡りするわけもありませんから、僕がこうすると――」

青年はネズミの顔の前で軽く手を打った。

「――驚かないのね」

ラチータが言う。

「これがエサの合図なんです。ほら、手のほうへ寄って来るでしょ」

ロウゼルの与えた小さな木の実を、ネズミは器用に食べる。ラチータは、その無心な食べ方に、ふとシエラの紫の瞳を思い出して眉をひそめた。

「そこへ、蛇くんのお出ましです」

「食べられちゃうよ！」

ロウゼルは純な少年にすまなそうな顔をした。

「生きとし生けるものすべて、何らかの食物を口にしているんだよ。蛇だって食べなければ死んでしまう」

麻袋から出された青緑色の蛇は、ロウゼルが手を叩くと弾けるように籠の隅に丸まった。

「ほら、ちゃんと怖がる。この反応をよく覚えておいて下さい」

蛇とネズミの生存をかけた争いは、とても正視できるものではない。

ラチータはテーブルから目をそらし、派手な物音とネズミのキーキー声に耳を覆《おお》った。

「ラチータ、すんだよ」

そうアーダに言われて振り向くと、籠の底は一面血だらけで――それを二叉の舌で蛇がなめとっているのだった。

「どうしてこんなことするの？」

蒼ざめた娘の訴えに、青年は真剣な表情で応《こた》えた。彼の手が蛇の頭の前で打ち鳴らされる。

二度、三度――。

と、さきほどは逃げた蛇は、少しためらうように首を傾《かし》げると、舌なめずりをしながらロウゼルの手に近付いてくるのだった。

「これは」

「獣の血を口にした生き物は二通りの行動をとるんです。一つは、死を恐れることもなく、自分よりも強い生物に向かっていくこと。そしてもう一つは、このネズミと蛇のように、食べた側に知識が移るんです」

どさっと椅子に腰かけて、ロウゼルは多分ね、と小声で付け加えた。

「知識……シエラも……あの子、食べる度《たび》に賢くなるって――」

「シエラさんと獣の血との関わりは正直言って判りません」

ロウゼルは笑顔でラチータに訊ねた。

「でもあの子が化け物のように生きていると思いますか？　何に対しても、かわいそうだと言う小さな女の子が」

ラチータも口元だけで笑って、かぶりを振る。

「むしろ、僕には反対に思えるんてす。あの子は僕に教えてくれました。自然の声を聞く妖精の女王と闇の獣王のことを。騎士さんの言う男が、本当に化け物を造れるだけの力を持った獣の王のような人物なら、それに対抗できるほどの力を持つ女王役の女の子がいたっておかしくないでしょう？」

「じゃあ、それがあの子だっていうの？」

「――どうでしょうか。ただ、信じられないような化け物が現に存在するのですから、あの不思議な少女のことも素直な気持ちで認めてあげなくては」

ラチータは、

「急いで大きくなるって言ってたわ」

とシエラの口調で言った。

「急ぐ理由は、ほら」

ロウゼルは家の壁を指さした。古びて崩れ落ちた漆喰《しっくい》が地図を描いているその壁のことではなかった。壁の向こう、家々の屋根の上に開眼式間近のあの巨像があるのだった。

アーダが不思議そうな顔をした。

「なんだか、リュクティ様が悪いみたいだ」

ラチータとロウゼルは顔を見合わせる。

「ね、あの像に化けもんの血ィ飲ましたら、やっぱり化けもんみたいなことするようになるの?」

「像に、血、だって?」

ラチータの頭に不吉な考えが影を落とした。

怪獣を造れる男である。何をしでかしてもおかしくない。

「いや」ロウゼルの静かな声がそれを砕く。「あれはただの土くれと死んだ貝殻だよ。生きていないものや思考能力を持たないものには通用しないだろう」

「そうよね。血を塗った草だって何ともないんだもんねっ」

ははは、とラチータがおかしくもないのに笑った。

「ちぇっ、つまんないの」

少年には、この二人が確かめている事柄など、気まぐれな遊びにしか思えないのだろうか。

ゲームのコマでも手に取るような気楽さで、アーダは血が入れてある鳩の通信筒をつまみ上げ、老獣の血に話しかけた。

「せっかくでっかい守護神になれるとこだったのに。残念だったなお前ら」

ロウゼルの眉がぴくりと動いた。

通信筒に語りかける少年の言葉を胸のうちで反芻《はんすう》した。

何かが、気にかかる。

それは霧を裂く一条の稲妻のように、青年の頭脳で突然弾けた。

「アーダ！」

脇の下をすくいあげられて、さすがのいたずらっ子もキョトンとした。

「お手柄だ。そう、そうなんだ。僕はこの血を毒や薬のように思いこんでいた。こいつは、生きてる——もしくは目に見えないほど小さな生き物を含んでるんだ！」

「ちょっと、ロウゼルさん」

アーダをぶんぶん振りまわすロウゼルの顔が紅潮している。興奮しているのだった。

子供の足が籠の一つをひっかけ、血糊《ちのり》のついた小枝が彼の服を汚しても、彼は喋《しゃべ》るのをやめなかった。

「そうなんだ、これを中心に考えれば良かったんだ。たとえ宿主が食われても、こいつらはただ新しい宿主に棲《す》みかえればいい。弱肉強食って知ってるか、坊主。食われることで、こいつらの御主人はどんどん強いものへと替わっていくんだ!」

自分が何をしたのかわかっていないアーダを、ロウゼルは仕上げにぎゅっと抱きしめた。

「服に血が……」

心配するラチータに手を振って、

「どうだっていいよ」

「けど——あ、そう、葛籠《つづら》に」

部屋の隅に、商人の使う葛籠が置かれている。着替えを出してあげようと、ラチータの手が黒光りした籐《とう》の蓋《ふた》に触れた時、

「いや、いい」

ばん、と大きな手が蓋を押さえた。

「あとで、着替えるから」

怖いほどの顔。

ラチータはそのまま、ええ、と言って下がった。

白い布。

一瞬見えた葛籠の中身の、光沢のある布が彼女の目に焼きついた。

何だか金の縫いとりもあった。

どこかで見たような模様だったけど……。

「ラチータ！　ここにいたの？」

作業に出ているはずの友人が、扉を開くと同時に大声をあげた。机の上の生き物たちが驚いて声をたてる。

「キュイル――どうしたの」

心なしか蒼ざめた友人は、一度深呼吸した。

「探してちょうだい――テテがいないの。死にそうなほどひどい熱だっていうのに」

「では、どうしても奴は悪くないと言うんだな」

「……はい」

焚き火の向こうの美しい少女は、粗末な服をかき合わせて顔を伏せた。

穀物袋《ドンゴロス》の服からは、大理石の色をしたしなやかな手足がはみ出していた。ささくれた裾は横座りした太腿をあやういところまでしか覆わず、きつくなった胸元は切れこみが入れられて、丸く柔らかな双丘《そうきゅう》が半分以上こぼれているのだった。

金目《キンメ》はシエラから視線をそらし、太い薪《たきぎ》をへし折って火にくべた。

炎が爆《は》ぜるたびに金目の甲冑は稲妻《いなずま》のように銀線を閃《ひらめ》かせた。

二人は火をはさんで黙りこんだ。

周囲の黒い土が赤い照り返しを見せている。

そこは小さな洞《ほら》であった。

丸一日かけて地下道を進み、二人が地上へ顔を出したのは、ギーンとパルを結んでちょうど三角形を描くあたりの森深くだった。

仕方なく、彼は霧の森をギーンのほうへと戻った。

問題は獣の血を呑んで高熱を出しているシエラをどこに横たえるかだった。あの明るく爽やかな草原の小屋を考えないではなかったが、あそこはリュクティの下僕《しもべ》たちに知られていた。

金目が迷いを見せた時、

「むこうに……」うるんだ目をしたシエラが彼の腕の中で弱々しく手を上げた。彼女は森の中のある一点を指さした。

「昔、熊が作った穴が……。まだここに動物たちがたくさんいた頃は、みな奪いあうようにして棲んだ、とてもいいところよ」

果たして、その通りだったのである。

大きな穴は金目でも楽に立てるほどの広さがあり、霧は流れこんでくるのだが、枯れ葉や動物たちの抜け毛のために結構居心地がいい。

シエラの熱は今回特にひどくて、二日ばかりうつらうつらと夢の境地にいた。

下僕の血が彼女の体内で何を囁《ささや》いているのか、時折体を震わせては充血した紫の瞳で、付き添う金目をじっと凝視する。

そうされても、金目は乾いた枯れ葉を体の上に撒《ま》いてやることしかできなかった。

青い甲冑ののっぺりした仮面では、安心させるために笑顔を見せてやることもできない。額の髪を掻き上げる優しい指もなければ、熱に震える体をそっと抱いてやることもできない。ただ鉄のように冷たく固い、殺人者の姿しか……。

金目は何度も自分の無力を呪った。

浅くせわしい息をするシエラの寝顔に、彼は自分が人間の肉体を持っていないことを謝り続けた。そして、そんな体にしたパナードへの憎悪がいやがうえにもふくれあがってくるのだった。

ところが――。

「あの人自身は悪くないのよ」

悲しげな顔を一瞬振り向けて、シエラは炎の向こうでもう一度呟いた。

「奴の血の中に巣喰う魔物が悪い、と言うのだな」

荒々しく薪を折って、金目は吐き捨てた。

「目に見えぬほどの小さな生き物——それがあいつを操っている。そうなのか?」

「操っているというのは正確ではありません。ただお互いの目的が同じなだけ。パナードも、彼の中の小さな生き物も、より強いものを目指しているだけなの」

弁護口調のシエラに、金目は押し殺した声で詰問する。

「何を教わった」

澄んだ瞳をかすかに動かし、シエラは時空の彼方へ思いを馳《は》せた。

「——海」

短い言葉に思いをこめて、シエラは丁寧に発音した。

「海から綿々と続く、私たちの記憶のこと。この世界のすべてを」

ゆるやかな幸福が彼女の表情に満ちる。しかし、その笑みにはひどく悲しい影があった。

シエラがひたっている幸福は、過去のものなのだ。今の幸せではない。

森の中で「騎士さま」と駆け寄ってきた幼女は、もっと大胆に笑っていた。陽だまりの明るい草原に似合う、光りこぼれる笑顔だった。

自分が巻きこんでしまったせいなのか?

「あ」

シエラの顔に緊張が走った。

「どうした」

彼女はためらった。

金目と洞の入り口を交互に見て、何度も口を開きかけ、やめた。

「何かが起こってるんだな。シエラ」

騎士は優しく名を呼ぶ。

「化け物を憐れみパナードは悪くないと言ったお前が、今何をためらっているか俺には判る気がする。だけども俺は奴が憎い。お前が何と言おうと、だ。その気持ちを支えに、俺はまだこの忌《い》まわしい姿のまま生き長らえているんだ。奴への反抗が命を燃えたたせる薪なんだよ……。自分と村人たちを操り人形のように扱うあの男へ反抗することが、俺が自分らしく生きるための糧《かて》なんだ。だから、シエラ——奴を思って迷っているのなら考えてくれ。俺のことを。村人のことを」

娘は泣きそうな顔をしていた。

「私……私はただ……もう誰にも死んでほしくないだけよ。夜の獣たちだって生きてるのよ」

「獣が来たのか？」

まだ外は薄明るい。この時間に、しかもリュクティの像の近くに出没するとはたいした度胸である。

「どこだ。俺にはまだ、何も感じられない」

シエラの不思議な力は、今では金目の鋭い動物的な勘を凌駕《りょうが》していた。

はや中腰の金目に、シエラは口を結んで首を振った。

「だめ。言えばあなたはあれを殺すわ」

「考えるんだ。今それを生かしておけば、もっと多くの者が死ぬかもしれない」

両手を頬に当てて、シエラは凍りついたように動かなかった。

流れこむ霧に火勢が弱まった。

再び火が燃えたった時、深い吐息が流れた。

「——少し南よりの、ギーンの方……。〝できそこない〟とリュクティ、あとは耳見《ミミミ》よ」

「耳見か」

呼び名の通り、それは聴覚と視覚に優れた超生物だった。放っておけばここが見つかるのは時間の問題だろう。

「行くのね、殺しに」

金目は答えずに、すっくと霧の中へ立った。

「男はいつもそうね。目的のために戦って、そうして生きていくのね」

騎士の広い背に向けて、シエラはせつない吐息をついた。

それで止められるものではないとは知っていたけれど。

「騎士さま」

彼女は決心した。

「耳見の弱点は固い耳の内側です。どうかひと思いに。そして、ご無事で」

「ありがとう」

青い貝の肌が霧に融《と》ける。

シエラは焚き火の前で、膝をかかえてわっと泣き伏した。


耳見はうずくまってじっと霧の流れる音を聴いていた。

そうしていると、肉の厚いキノコが開ききっておちょこになったような姿に見える。時折、キノコのカサがくるりと向きを変えた。それが彼女の耳なのだ。灰色がかったピンクの耳は、腕を広げても足りないほどの大きさがあった。耳見は剛毛《ごうもう》の生えた耳で音を集める。距離や方向を計るにはカサの下に八つある補助聴覚が役に立った。

耳見は、ぶるんと一度身震いして耳にたまった露を払いのけた。手も足もなく、ただ耳の下にはナメクジのような這うための粘膜があるだけだった。

耳見は、カサの縁についた十五個の目のうち、二個だけをうっすら開き、リュクティと〝できそこない〟を見、また夢見るように閉じた。

まだ、何も感じないのだった。

彼ら常ならぬ者の気配に、賢い森の動物たちは息を殺している。

「霧を止めてくれるとおっしゃってたんではないんですかい?」

耳見の閉じきった目蓋《まぶた》を見て男が訊いた。

「館では止めて下さってるはずだよ。ただ、思うように風が吹かないだけさ」

「本当ですかね」

男は卑《いや》しい笑いをこぼした。

「半分は殿のご命令じゃないんですから……そんなにあの娘のことが気にかかるんでございますですか？　確かに人目をひく美しい娘ではありましたけれども」

「うるさいね！　耳見が聴こえないじゃないか！」

鋭い縦の瞳孔《どうこう》が睨んだ。

「お前が喋ると匂いで気絶しそうだよ」

これ見よがしにコウモリの翼を振って、リュクティは〝できそこない〟の口から漏れる臭気を払った。

〝できそこない〟は澄ました顔で、祭りの見世物小屋でも着ていた赤上着の襟《えり》を直している。ばかにして。

リュクティは唾を吐きたい気分だった。

こうして主人の役にたてるようになったのも、もとはと言えばリュクティの気まぐれのおかげなのだった。

他の多くの〝できそこない〟たちと同じように、パナードの血の力を受け取り損なって、長長と体からはみ出した自分の腸に埋もれていた彼を、リュクティが「もう一度いじくってみては」、と主に提言したのである。〝できそこない〟になっても言葉を失わず、腐臭をあげる自分の内臓の中で飽きずに恨み事を呟いているのが面白かったし、それほど生きることに執着するのなら、ものになるのではないか、と思ったのだ。

パナードは負けん気を愛していた。同じように、彼の血の中に棲む小さな生き物も弱い宿主を好まない。より強くなろうとする意志を持つものだけが新しい宿主としてその力を受けとることができる。恨み事を言うのは進歩を求めている証拠だとしても、リュクティは、情けをかけた彼が化け物仲間の気さくさで自分にため口をきくのが腹立たしかった。

せいぜい好き勝手を言うが良い、とリュクティは赤上着の後ろ姿を見て思った。私はもうすぐ女王になるんだからね。

ぴ。

耳見が姿に似合わぬ可愛い声をあげた。桃色の体を耳の下でひくつかせながら、一尋《ひとひろ》もある固い耳は一心に音を集めた。

「遅かったわねえ」

リュクティが笑う。

小さな足音だった。

ゆっくりとした歩調は乱れがちで、霧の中を木の根にでもつまずきながら歩いているのだろう。しかしそれは声も出さず、よろめきながらこちらへ進んで来る。

やがて、リュクティの銀の瞳がにっこりと細められた。

人の気配は固まって黒い影になり、次第に腕や脚の形が浮かびあがる。背が低く頭が大きい。子供だ。

「ようこそ英雄君」

赤上着がぬめる手で肩を抱いても、テテの顔には何の表情も表れなかった。なされるままにリュクティの前へ引き出される。

「ひ弱だねえ」

彼女は値踏みするように少年をねめまわして言った。

「体格は関係ございませんですよ。あの時のすばしっこさ、いじめられた時の悔しそうな顔、お見せしたいほどでございました」

リュクティは前脚の曲がった爪で少年をあおむかせた。

「金目の代わりになるかねえ」

「さて、それはなんとも。ただ金目も、もとは気ばかり強い普通の若者でございましたから」

ふむ、と女性らしくない返事をして、リュクティは赤上着に、

「あれを」

と命じた。

上着からひとかけらの青い破片がとり出される。深い海の青、底知れぬ黒、狂ったように渦巻く銀線――金目の甲冑と同じものだった。

リュクティの爪が少年の衣服を裂く。

生白い裸を見ようともせず、彼女は無造作に服を捨てた。赤上着が甲冑のかけらを注意深くその上に置いた。

「あとはグッチンにまかせましょう」

意地悪い忍び笑いが起こった。

「お前は先にお帰り。私と耳見はもうひと仕事あるからね」

「殿にバレないよう、お祈りしておりますですよ」

「さっさとお行き!」

赤上着は、テテの滑《なめ》らかな肩をいやらしく撫でまわしながら、森の中の地下道へと姿を消した。

耳見は、七つの目を開けて、二人を見送るリュクティの尾が神経質にバタバタするのを観察していた。

「何見てるの!」

耳見の目が順序よく急いで伏せられた。

「お前は化け物仲間のたてる音を聴いてればいいんだよ。それしか能がないんだからね」

憐れっぽい声をあげながら、耳見はおとなしく言うことをきいて耳をいっぱいに広げた。

パナードは争いに飢えた自分の手下たちが無意味な同士討ちをしないように、味方の印《しるし》を付けていた。

親鳥が群れの中から我が子を見つける時、また遠い梢《こずえ》の猿が自分たちの家族を見分ける時の方法で。すべての生物の記憶を持つ男にとって、その印付けはむつかしいことではない。

耳見は仲間のたてる音を探している。赤上着が地下に下りていった今、仲間の印は傍らのリュクティからのものだけのはずだった。もし他にあれば、それが金目であり、金目のいるところ、シエラもいるというわけだ。

リュクティがじれて蹄《ひづめ》の脚をせわしなく踏みかえ始める頃、

「ぴ」

と耳見が反応した。

「どこ?」

碗のような耳が、考えこむように傾いた。周《ぐるり》の目が何度も何度も瞬《まばた》きする。

「何してるんだい」

怒りのまじった声に、耳見は困惑しきった視線を送った。

耳が北を示す。

「そっちか」

しかし、次に耳見は少し東に耳を向けた。カサの下の補助聴覚が、小さな耳たぶを起こしてわさわさ動いている。

「どっちなんだい」

柔らかな粘膜に蹴りを入れてから、リュクティははっとした。

あの娘は下僕の血を呑んでいるのだったわ。なら、もし今、金目と離れているならば……。

彼女は急に猫撫《ねこな》で声になった。

「耳見。教えておくれ。二つのうち、力が弱そうなのはどっち？」

耳が正直に北を向くのを見て、リュクティはにいっと笑った。

「……いい子。さ、お前は東へ行くんだよ」

そして、逞《たくま》しい馬の姿の脚で湿った枯れ草を蹴り、リェクティは耳見を置き去りにした。

ラチータたちがどんなに探しても、やせっぽちの少年の姿は村のどこにもなかった。

狭い路地裏にも、広場にも、家の脇に置かれている桶《おけ》の中にも、果ては三つある井戸のどこをのぞいても、あのはにかんだ顔は見あたらないのだった。

月が出ていた。蒼い光は、霧の村が水底にあるかのように思わせる。静かで柔らかな月光をかき乱して、ラチータは駆けずりまわっていた。

今日の昼御飯の時はちゃんとベッドにいたのに――。

あれが最後、と思いかけて、最後という言葉を、首を振って打ち消した。

熱にうかされて涼みに出ているだけよね。

もう何度も自分に言いきかせた言葉にすり替える。

テテの熱は祭りの翌日からだった。

「英雄呼ばわりされて興奮したのよ」

と、少年の隣家に住む娘キュイルが肩をすくめて見せた。

念のためアーダに訊《たず》ねた時も、

「別にさ、あいつが英雄扱いされたって誰もいじめやしないよ。俺たちにスゴイって言われた時のあいつったら——鼻の頭真っ赤にしてさ、それでも誇らしそうに賞品の揚げパンをしっかり握ってたんだぜ。そんなの見ていじめられっかよ」

と、むくれられてしまった。

こんなことなら、アーダたちにいじめられて出した熱のほうがまだ良かった。ラチータは泣きそうになるのを、唇を噛んでじっとこらえた。いじめられて出た熱なら、テテのベッドの脇でアーダを四、五発殴れば、下がったかもしれないのに。

「ラチータ、どうだ?」

横あいから出てきた二人組の男のうち、年老いたほうが訊ねると、少女は顔を伏せて首を振った。

「夕方、様子を見に行けばよかったわ……」

男の顔も曇《くも》った。

「お前さんのせいじゃないよ、父さんのように自分ばかり責めるのはおよし」

「……ええ」

そのポルンカという男は、ラチータの父をよく知っていた。彼の人格に惚れ込み、補佐役としてよく勤めもした。

ラチータは彼をおじさんと呼び、彼のほうも可愛がってくれた。

だが、村長《むらおさ》が代わるとポルンカは急にラチータを避けだしたのだった。彼女の気性を知りつくしている彼は、ラチータがグッチンに対してどんな感情を抱くかも予想していたのである。

権力と反対の場に居残れるほど、ポルンカは若くも強くもなかったし、家族もいた。

ラチータにもそれは判っていた。

「大丈夫よね、きっと。グッチンさんは偉いからさ、みんなを指揮して絶対探し出してくれるわよねっ」

ポルンカは、ちらりと連れの男を盗み見た。

若い男は制服こそ着ていなかったが、グッチンの自警隊の一人だ。彼は、笑っているようにも見える。

ラチータはその表情が気にくわなかった。

男につつかれてポルンカが重い口を開く。

「あー、その……みんなまだ像の作業をしているんだよ」

「像！」

思わず叫んで、ラチータは広場の方を見上げた。

八割がた出来上がったリュクティの像は、闇にまぎれてはっきりしないのだが、ところどころ霧ににじんだ光が灯っている。

「篝火《かがりび》――ほんとに作業をしてるっていうの？　テテが行方不明だっていう時に？」

振り向いたラチータは赤い髪をふりたてるようにして怒った。握りしめた手の甲に、白い骨が見える。

「なんのための権力。なんのための村長なの！　父さんだったら、あんな作業よりも――」

激情で振り上げられた腕が、空中で止まった。

「それ以上言うとリュクティ様のばちが当たる」

いつの間に来たのか、丸まっちい指で娘の腕をつかんだグッチンは、ラチータの視線を笑顔で跳ね返した。

「むしろ、お前の親父さんなら、仕方がない、と寝てしまうところじゃないかねえ……私は違う。これから手すきの者と森を探すが、どうだ、一緒に行くか？」

「夜に森へ行くなんて、頭が腐っちまったのかい？」

グッチンは余裕のある顔で言った。

「私にはリュクティ様がついておられる。私が像の完成を急がせている限りは、あの方は私をお見捨てにならんだろう」

「へぇ、じゃあこの前の角蜘蛛《ツノグモ》はどうなんだい。あの時、守護神様は何かして下さったかい？」

「私は留守だったんだよ、ラチータ」

「あんた以外の村人はどうでもいいっていうのかい、え？　そんな心の狭い神様なの？　それとも貢《みつ》ぎ物が足りないか」

吐き捨てるように言う。

グッチンは首まで真っ赤にして、ラチータの細い腕をぐいと引き寄せた。

「角蜘蛛はお前のせいだ」

美食でボロボロになった歯の隙間から囁く。

「お前が金目なぞ村へ入れるから、あれが角蜘蛛を呼んだんだ。みな、そう噂《うわさ》しているんだぞ――そうだな、ポルンカ」

ポルンカは、おろおろと惑い、青年にまた肘でつつかれると、二度ばかりうなずいた。

「……おじさん」

悔しかった。

どこかでまだポルンカが味方だと思っていた。どうせその噂も、自分を孤立させるためにグッチンが流したのだろうけど、ポルンカにまでそういう態度を見せられては……。

自分を巻きぞえにするまいとしてくれた、金目の不器用な優しさをなぜか思い出した。

「あの人はそんなんじゃない！」

ほう、とグッチンの目が針のように細まる。

「リュクティ様の使いが、森の中で奴とテテの姿を見たと言ってもか」

「そんな。だって……だって騎士さんはシエラと一緒にリュクティ様が連れて行ったじゃない」

「嘘よ」

「たくさんの下僕を殺して逃げたのだそうだよ。なんて悪人なのだろうね」

「嘘だといいな。お前はだまされてたんだよ、ラチータ。かわいそうに。リュクティ様と私だけを信用していればこんなことにならずにすんだかもしれん——いや、もう言うまい。テテがいない、それが事実だ」

大きく目を開いた娘の手を、グッチンは乱暴に引いた。

「さ、行こう。森に何か手がかりがあるかもしれん。テテが心配だ」

白々しくそう言った彼の唇が、ふっと笑ったのに、ラチータは気付かなかった。

一行にはロウゼルも加わった。

「一人で置いておくと何をするか判らんからな」

というのがグッチンの言い分だったが、ラチータはどこか不自然なものを感じた。

六人は村を出て、森へ向かう。グッチンとラチータ、ロウゼル、無理やり連れて来られたポルンカ、そして自警隊の若者が二人。先頭を行くグッチンは、ねじくれた枝や夜鳥の叫びをものともせず、松明《たいまつ》を掲げてずんずん進んでいく。

ロウゼルがそっとラチータの耳に唇を寄せた。

「獣が現れるはずはないにしても、豪快な歩きっぷりだ」

少女は神妙な顔でうなずいた。

「何か企《たくら》んでいるに違いないですね」

おい、と自警隊員にせっつかれて、二人は足を速めた。

夜の森は黒い。

風が梢を鳴らしていく。まるで大きな黒い手が枝をさすっていったように感じて、ラチータはロウゼルにぴったりくっついた。

筋肉質の腕が差し出された。

顔を上げると、巻き毛の下で水色の瞳が優しげに笑っていた。

ラチータも微笑み返し、そっと彼の腕に右手を巻きつけた。

恐怖が右手のぬくもりから融けていく気がした。テテも見つかり、何もかもうまくいく。だから安心しておいで――彼の温かい肌がそう語りかけるのを感じるのだった。

「少し南に来たみたい」

「グッチンさんには、どうやらアテがあるみたいですね」

村長は、時折ドラ声でテテを呼び、木の虚《うろ》や窪地を覗きこみながら歩いていた。松明の赤い光がぷっくりした頬を照らすと、彼の顔はうかれているようにも見えた。

また、例の茶番かしら。ラチータがそう考えはじめた頃。

弱々しい火が連理《れんり》の大木を照らし出した。

二本の木は、途中から抱き合うように絡み、ねじれ、上のほうではまるで一本にしか見えなくなっている。しかしその梢からはもう緑の葉が萌《も》え出ることはない。恋人のように寄り添いながらも、その木は死んでいるのだった。

グッチンの松明が、皮膚病のようにささくれた幹を照らした。力強い根は、大蛇のうねりで何度も地を縫いとっている。

「グッチンさん！」

大木の裏にまわりこんでいた若者が興奮した声を上げた。

「これを」

木の根から少し離れた土の上に、テテの衣服が死骸みたいに横たわっていた。

長の手が、その上の青い破片を拾い上げた。

「何だと思う？」

急に投げ渡されたポルンカは、ひっと喉を詰まらせながらも両手で受け取り、そろそろと手を開いた。

「――」

「どうした？」

ポルンカの落ちくぼんだ目がきょときょと動く。彼は噛みしめた唇の間から細い声で答えた。

「これは――金目とかいう奴の」

「見せて！」

滑らかな青いかけらに、松明の火が赤い星になってともっている。渦まく銀、夜と海の色――。

「ほら見ろ！　やはり金目がテテをさらったんだ。ラチータ、これでよく判っただろう。お前のせいだ。お前がよそ者を村に入れたりするからだ」

「何かのまちがいよ！　罠だわ」

「誰が誰にしかけた罠だというんだね」

グッチンがラチータの歪んだ顔の前に火を突き出した。

ロウゼルがさっと割りこんだ。

「グッチンさんと黒幕の誰かさんが、彼女に仕組んだ罠ではないんですか」

「黒幕？」

「名前を口にすると、きっと冒瀆《ぼうとく》だとののしられるでしょう？」

「リュクティ様は、そんな――」

ロウゼルは瓢々《ひょうひょう》としている。

「僕はそんなこと言いやしません。もっと上の怖い男のことを言ってるんですけど」

村長の顔がどす黒くふくれあがった。

「家で魔法使いまがいのことをしているかと思ったら……気が狂っていたのか」

「は、そうか。僕の実験が気に喰わなかったんだ」彼はおどけて、ポンと手を打ち鳴らした。

「だから僕ごと、開眼式に邪魔を入れそうな者を陥れようとしてるんだ」

若者が二人がかりでロウゼルに飛びかかった。

青年は、右側の男の足を払いながら横へするりと抜ける。倒れた男は木の根で前歯を二本、欠いてしまった。

「この」

その声を背にロウゼルは闇の中へと駆けた。

野兎のような彼に、若者は追いつけず、松明のもとへとすごすご帰ってきた。

「ラチータさん、迎えに行くから。待ってなさい。騎士さんとシエラさんに会ってくる」

闇の中からロウゼルはそう叫び、森は再び固い沈黙に閉ざされた。

「地下牢に入ってもらおう」

まだ赤い顔をしている長にそう言われても、ロウゼルの言葉を聞いた今では、素直にうなずくことのできるラチータだった。

金目が近付いた時、耳見はもう彼の気配に体を丸めて岩のような防御の姿勢をとっていた。上を向いて開いていた大きな耳が、柔らかな下肢を包むように下に垂れている。中心のへそのような耳穴を閉じ、連なった目をしっかり土につけてかばうと、それはもう大きな石にしか思えなかった。

「覚えているか。金目だ」

ことさら仲間意識をあおるように呼びかけると、表面の剛毛がざわりと蠢《うごめ》き、迷いを示した。

「リュクティはどこだ。〝できそこない〟もいたはずだろう」

しっかり巻きこんでいた耳の端が一部めくれて、かわいいともいえる目が一つ、金目を見上げてぱちぱち瞬きした。

ふと、洞に残した娘のことを考え、金目の背筋が冷えた。

「言うんだ！　リュクティはどこにいる！」

湧きあがった焦りと憎悪に、固い掌《てのひら》が耳見の体表を打った。

灰色の厚い皮に、亀裂が走った。

こんな痛いことをするのは、仲間じゃない。

うるんだ目の列を一斉に持ちあげて、耳見はびくんびくんと震えだす——。

「うっ……」

金目は頭を押さえた。思わずひざまずいてしまう。耳見の発する奇怪な声が甲冑を揺らし、脳を貫き、肉を締めあげてくる。

超低音が腹に轟《とどろ》き、彼は枯れ草の上で二つ折りになった。甲高《かんだか》い音に、こめかみを空しく掻いた。聴こえない音の震動が見えない鎖で彼を立てなくする。

傍らの立ち枯れた木が、耳見の声で弾け、彼の上に降り注いだ。

二の腕で頭を締めながら、金目は不格好に耳見に向かって這い寄る。脳が兜《かぶと》の中で跳ねまわっているような気分だった。

かすみがちの視界の中で、耳見は固く丸まっている。自分の音を聴かないように、補助聴覚をかばい、大きな耳の剛毛を倒して中心の耳の穴をぴったりと閉じていた。

じりじり後退する耳見の体に、貝の色をした手がかかった。

よじのぼるようにして耳見にとりついた騎士の肘から、短めの角に似た武器が生まれる。腕を頭から離して肘鉄《ひじてつ》を喰らわせる。彼は音の洪水に、あやうく狂気の淵にまで追いやられるところだった。

それは耳見の絶叫だったのだろうか。

中心の耳の穴に角を喰らった耳見は、痛みで発した自分の声をまともに聴いてしまった。しつかり体をまきこんでいた耳たぶが反射的に縁を跳ね上げた。

銀光が地表を走った。

その刹那《せつな》、金目の足先の剣が、自分の柔らかな下肢の肉を思いきりよく断ったのが、耳見には判った。

「ぴ」

瞬きを繰り返しながら、耳見は甘えるように啼《な》いた。それが最期だった。

従順に生きてきた耳見には、なぜ自分が殺されたのか判らなかったのだろう。ただ、黒い手で創造されたというだけなのに。

ボロ布と化した耳見を力なく見ていた金目が、強く頭を振った。

化け物の命を気づかい、ひと思いに、と言った娘のところへリュクティが向かっている。

「リュクティ!」

太い首の蛇腹《じゃばら》をいっぱいに伸ばして、金目は空に吠えた。

呼んでいるのではなかった。

「リュクティ――」

女神然として化け物や村人を見下す表情、高慢ちきなもの言いを、彼は必死に思い返した。

醜い姿となった時の小さく萎縮《いしゅく》したような前脚で、茶番劇のために傷付けられた化け物たちの悔しさを思った。何も知らない純朴な人々が地に伏して礼を尽くす姿と、それを見て笑う口元からこぼれる犬の歯を思った。

金目の甲冑姿がひとまわり膨れた。

けれど、まだ憎しみが足りない。

無理もない。今、彼がしようとしていることは、呪っても呪いきれないほど忌まわしく辛いことなのだった。いくら闘争本能をかきたてても、心のどこかに拒否の声がある。

しかし、彼には守るべき者がいた。人であって人でない自分を騎士と呼び、澄んだ瞳で好意を贈ってくれる娘。敵でさえも気づかうその心。そして、自分では達しえないことをやりとげてくれるのではないかと希望を持たせてくれるその神秘の力。

「パ、ナー、ド！」

握りしめた指の関節がギリギリ軋《きし》んだ。

「貴様が望む通り人の姿を捨ててやる！　だが忘れるな。これはお前を倒すためだ。人間の心は手放しはしないぞ」

畏《おそ》れの心が少し軽くなった。

甲冑の中が闘志で熱くみなぎってくるのが感じられる。

「この力、俺が受けたことを後悔させてやる。化け物の体を与えたことを悔やませてやる」

金目の全身から気が立ちのぼった。

のけぞっていた体を今度は丸くし、湧きあがる憎悪を抱くようにする。血が体中を駆けめぐった。頭から指先から、渦をつくって腹、そしてたわめた太腿へと、熱い奔流が走る。

——疾《と》く駆ける姿だ。

と、金目は念じた。

——風を裂く翼だ！

漏れたのは苦しみの喘《あえ》ぎだった。

美しい甲冑の渦が乱れ、肩胛骨のあたりが不自然に盛りあがった。ふくらみは背へと広がる。前に曲げられた腕の下側が、割れるような音をたてて膜状に伸びていった。

彼は今、パナードの力を使って変身しようとしているのだった。あの男が与えた能力で、あの男の血から造られた化け物になる——金目は屈辱に耐えた。

「パナード」

苦痛の中で緋色《ひいろ》の男を思い描いた。

灰色の髪を持つ男は真白《ましろ》の歯を薄い唇からのぞかせて、冷たく嗤《わら》っていた。

——貴様……！

人間としての正気を金目は憎しみでつなぎとめていた。

長い絶叫が黒い森にこだました。

「騎士さん、あなたは……」

木陰で、ロウゼルは見た。

月光を浴びて狂ったようによじれていく銀の渦だけが、目にできるのだった。

渦の作るシルエットは、しだいに化鳥《ケチヨウ》へと変化していく。

太腿が盛り上がり、爪先は大きく割れて蹴爪《けづめ》のついた鳥のそれになる。突き出した胸には背から腕へと広げられた翼を動かす筋肉が張りつめていた。鋭いくちばしの上で燃える金の双眸《そうぼう》だけが変わらない。

すべての生き物を取りこんで自由に変身できるパナードの愛弟子金目は、パルの村で取りこんだ化鳥の姿へと変わっていく。

金目は主《あるじ》の異質な力を受けても〝できそこない〟にならず、しかも発展途上にある。新しいものを体に入れることで、常により強いものを目指し続けることのできる、美しい戦士なのだった。

化鳥の体には、甲冑の渦が残っていた。

夜の渦まく甲冑は彼の皮膚であり、変幻自在の肉体を閉じこめておく檻だったのだ。

「脱げないわけですね」

ぽつんとロウゼルが言った瞬間、化鳥はきっと空を見上げてばさりと翼を動かした。

天駆ける者は、最短距離で目的地へ向かう。

ロウゼルは手をかざして彼の行く方角を見届けた。

「かわいそうな耳見……」

シエラは耳見の死を感じて呟いた。

洞の外の風が白い肌を撫で、熱のある身には嬉しかった。夜露《よつゆ》をいとわずに座っていると、かすかな緑と土の匂いも感じられた。

「いい夜なのにね」

彼女には、我が身に迫りつつあるものが判っていた。

中天を過ぎた月が黒い影にさえぎられる。影は弾力のある翼を広げて、醜い後ろ脚を突っぱるように降り立った。

「お待ちしていました」

シエラにそう言われ、リュクティは毒気を抜かれた。爬虫類《はちゅうるい》の瞳で睨んでも、娘は静かに座っている。

うっすらと桃色に上気した華奢《きゃしゃ》な顔のまわりに、金髪の後光をいただき、背筋をぴんと張っているシエラは、自分よりも女王にふさわしい姿をしていた。

なによりも、この娘は自分より美しい……。

「いい度胸だわね。私が何しに来たか知ってるの?」

「ええ」

少しうつむくと髪がはらりと落ちた。

「私を殺しにいらしたんでしょう」

リュクティは大きく裂けた赤黒い口から牙と笑みをこぼした。

「なぜ殺されるのかも知っている？」

「パナードが――あの人がこの瞳の色を気にかけているのでしょう？　あなたにはきっとそれが許せない……あっ」

黒い翼がシエラを打った。

ふん、とリュクティが鼻を鳴らす。

「お前、何様のつもりなの？　時を急いで大きくなってるようだけど、ひょっとして化け物の隠し子かしら？」

「そんなのじゃないわ」上体を起こしてシエラは言った。

「私とパナードは、元は一心同体――。あの人の力が大きくなって自然の営《いとな》みを変えてしまったから、私はこうして目覚めなければならなかったのです」

一心同体。

リュクティは口の中で繰り返した。

彼女の歪んだ前脚はシエラのか細く長い首をつかんで宙吊りにした。

「何であれ、お前は目障りよ！　私は人型になればお前なんかよりもっと美しい。この姿だと、ほらこんなに強いわ。像が完成すれば、私は美しいままで強くなれる——私こそ殿のおそばで女王となるべきなのよ！」

締めあげる手の中で、娘は何の抵抗もしなかった。ただ、

「どうか……争いのない……」

とかすれ声で言い、きゅっと目を閉じる。

「本当になんにもできないのね、手がかからなくていいわ」

鱗を蠕動《ぜんどう》させて、リュクティは力をこめた。

と——。

意識を失っていたかに思えたシエラの顔が、急に変わった。端整な顔が奇妙にひきつり、開いた瞳は邪《よこしま》な光でぎらぎらしている。かわいらしい唇が陰惨に裂けて、にいっと笑った。

驚愕するリュクティの手がゆるんだ。その手首を白い指先ががっちり握る。

「オ前ハ——強イカ？」

シエラのものとは思えない、ぞっとするような声だった。

「……仲間カ？」

それは獣の声だ。

リュクティの下僕の血を呑んだ時、彼女に与えられたのは知識だけではなかったのだ。

戦いを好まぬ心優しい娘の意識が薄らいだ時、邪悪な力が鎌首をもたげたのだった。

「くっ！」

リュクティはシエラを投げ飛ばして、肩で息をついた。

「なんて女――」

したたかに体を打って完全に気絶したシエラに彼女はゆっくり近付いた。

「でも、これまでよ」

リュクティは、汚れた衣服に被《おお》われた胸の上に、鋭い蹄を振りかぶる。

リュクティの広げた翼に、突如強風が襲いかかった。

二転三転し、リュクティは木を薙ぎ倒してやっと止まった。

泥まみれの鼻づらに皺《しわ》が寄った。羽毛の代わりに薄い刃を連ねた翼をしゃりしゃり鳴らしながら、化鳥が舞い降りたのだ。

「――化鳥。死んだはずなのに」

次の瞬間、リュクティははっと息を呑むと、立ちあがりながら高らかに笑った。

「金目！　あはは、金目なのね。いい気味。お前もやっと殿の力を使う気になったのね」

金色の二つの瞳が、はたと睨み返した。

「魂まで渡す気はない」

「おや、まあ……。ご立派な精神力だこと。けれどお前の心はぐらついているはず――今私が戦いをしかければ、そんな魂など消し飛んでしまうわねえ。ほら、私が憎い？　私と戦いたいでしょ？」

くっくっとリュクティは笑って手を伸ばしてきた。

「リュクティ。わかっているはずだ。俺とお前では俺のほうが強い。お前は俺に負ける」

リュクティは静かに言った。

「お前は殿にはかなわないわ」

静寂が流れた。凍りついた時間を、先に砕いたのはリュクティだった。

「騎士さん、ほらあんたのお姫様がお目覚めよ」

金目の背が逆立った。娘がうめいて立とうとしているのを感じたのだった。

しかし顔を向ければリュクティに隙を与えてしまう。金目はなるべく優しく翼を振って声だけをシエラにかけた。

「じっとしてろ」

広げた金目の翼に衝撃が走った。

折れた刃の羽が、シエラの手に握られた太い枝のあとを追って青い弧を描いた。

力まかせに金目を打った娘の体が大きくよろける。

「何を――」

甲高い嬌声《きょうせい》とともに、リュクティが舞い上がった。

追おうとする彼を、シエラの容赦のない第二打が襲った。

「いい格好よ、金目。その娘はもう殿の子供。子供同士いつまでも遊んでいらっしゃい」

「待て。逃げるか」

枝の作り出す風圧を感じて、金目はとっさに翼を振り上げた。

「アッ」

シエラの手から飛んだ枝が木に当たって、高い音をたてた。

シエラは荒い息をしながら化鳥の——金目の羽で切られた腕をかばって立っていた。

「強イ」

紫の瞳が炎と化す。

「寄るな。肉が斬れる」

せめて元の姿になるまでの時間が欲しかった。

「いいか、来るなよ。今攻撃されると俺も、もう……」

できるだけ穏やかに金目は言った。

が、シエラは猫のように背を丸め、今にも飛びかかろうとしている。

「相討ちも面白いわよ」

空中から野次《やじ》がとんだ。

と、森の中から細い光がリュクティのもとへ走った。

叫びは痛みよりも驚きからだろう。下から飛んだ細身の剣は、鱗の間に入り、彼女の臑《すね》に突き立っていた。小さな前脚では届かない……。

「誰！　出てらっしゃい！」

と叫んで、リュクティは深紅の口を大きく開いた。

口から吐かれたのは、炎である。湿り気を帯びた木々は、大量の煙を上げながら身をよじった。

剣の主が現れないのに顔をしかめた空中の女神は、口汚くののしりながら、とりあえず館へ戻ろうと反転した。

「森が……」

シエラがいつもの声を取り戻して呟く。

燃えさかる木々を呆然と眺めている娘の背後から、黄色の服が近付いて彼女を羽交い締めにした。

苦しそうな咳をする煤《すす》まみれのロウゼルは、

「騎士さん。押さえてますから」

と、うながす。

今を逃せばあとがない。リュクティは、館に帰ったらもう当分の間パナードの側を離れないに違いなかった。

彼女は今、大事な身なのである。どういう方法かは知らないが、神像が開眼式を迎えた時、その力なり女神としての威厳《いげん》なりが必要なのは今までの様子で充分判断できた。

狂ったシエラは気にかかるが。

金目は意を決して高く舞い上がった。

シエラに不意討ちをくらった翼がひきつったように痛む。もうもうと上がる煙からなんとか脱け出した瞬間、その痛みが激痛に変じ、金目は大きく体勢を崩した。

目の前がリュクティの放つ炎で埋めつくされる——。

火の玉と化して落ちながら、金目は遠ざかるリュクティの羽ばたきを聞いた。

V

それからさらに二日が経《た》った。リュクティはひたすら傷の癒えるのを待っていた。ロウゼルの剣が鱗《うろこ》までも傷めていて、そこは人型になった時さえ、あとが残ったのだ。けれどパナードもそろそろ訝《いぶか》しんでいるだろう。なにより、彼の顔を見られないということがリュクティ自身耐えられなくなっていた。

「殿、お召しものができましたわ」

久しぶりに会った彼にリュクティが弾《はず》む声をかけても、パナードは振り返りもしなかった。黒水晶の間《ま》に映るパナードの顔は冷たい美しさを崩さない。

彼の目の前には大きなガラスの球が三叉《さんさ》の脚で支えられていた。黄色い水の中では、テテが胎児の姿勢で浮かんでいる。

パナードは大きな掌《てのひら》でガラスの球面を愛《いと》しそうに撫でていた。

「しばらく姿を見なかったが、織物をしていたのか」

「あ……はい。開眼式《かいげん》がすめばいよいよ都の攻略。殿が一層気高く見えるようにと」

「では、これは何だ？」

パナードは肩越しに剣を投げた。細身の剣は、人型を装っているリュクティのドレスの裾を床に縫いとめてびぃんと震えた。

「都の細工だな。誰のものだ」

赤い唇がわななないて言い訳を探した。紫の瞳の少女を殺しに行ったと知ったら、冷酷な主人がどんな行動に出るか判らなかった。

「森もずいぶん焼き払ったようだな」

もうだめだわ。

リュクティは裾の破れるのもいとわず、黒水晶の間の冷たい床に這《は》いつくばった。

「申し訳ありません！」

リュクティが事のいきさつを喋《しゃべ》る間、パナードは一言も口を挟まなかった。語り終えた時にはじめて、

「そうか。一心同体だった……そう言ったのか」

と力なく呟く。

「あの瞳、やはりシエラだったのか……。余計なことをしでかしたな、リュクティ。あいつには何もできやしなかったものを。今ごろは下僕《しもべ》の血から得た攻撃本能と生来の優しすぎる心根の間《はざま》でさぞかし苦しんでいることだろう。かわいそうな姉上」

「姉上、ですって？」

リュクティの表情が呆《ほう》けた。

「そうだ。シエラは私の双子の姉。その昔、妖精の女王と呼ばれた優しい人だ」

「そんな……。姉上だなんて……ではあの女、いえあの方も、殿と同じように何百年も生き続けてらっしゃいますの？　その方がどうして殿ではなく金目《キンメ》と一緒に行動なさってますの？　敵なのですか？　それとも……」

矢継ぎ早のリュクティの質問に、パナードは遠い目をした。

「敵でも味方でもない。ただ運命に身をまかせてそれに従うだけの、何もできない人だ。だから、私のように王者を目指すことなく簡単に死んだのだ」

「では、一度亡くなった……？」

「私はこの目で見届けた。死んで墓土が盛られ、その上に草が芽生え、それが枯れ――シエラが森の土へと還《かえ》っていくのを、私は見た。体の中には私と同じく、〝目に見えないほどの小さな生き物〟を持ち、私と同じように生物界のすべてを〝それ〟から教わっていたのに。シエラは妖精の女王と呼ばれただけで満足し、それ以上力を活《い》かすことなく死んでしまった」

パナードは、ふっと嗤《わら》った。

「思えばあの紫の瞳の女が下僕の血を飲んだ時に追えば、苦しませずにすんだだろうに……。あの時は甦《よみがえ》ったなどと信じられなかった。いや、まだ甦ったとは言えぬかもしれんな」

「どういうことですの？」

リュクティが眉をひそめて訊いた。

「〝小さな生き物〟はシエラが死んだ時に散らばってしまった。〝それ〟を再び集め直すのには長い長い時間が必要だ。それこそ何百年ではきかぬほどに。今のシエラには多分、森の動物を呼び寄せる能力さえ戻っていないだろう」

それが嬉しいのか悲しいのか。パナードは複雑な表情をしていた。

彼は床に立ったロウゼルの剣を抜いてそれを見つめた。

「目覚めきっていないのに、都の事情を知る男と私の造った金目に巡り会っているのか。運命を愛する者には、それが応《こた》えてくれるのかもしれんな」

沈痛な顔でパナードは歩きまわった。

「どうなさいます？　姉上をお連れしましょうか。すでにあの方は殿の影響を受けておられます。もしや我々の仲間に……」

そうなれば自分が女王の座を追われることは必至だった。判っていた。が、パナードの役に立ちたいと願うリュクティだった。

「今は金目と都の男の方が気がかりだ。きっと像を破壊しようと狙ってくる――テテに頼むしかないようだな」

主人が再び球に近づくと、水の中の少年はふっと顔を上げて彼を見た。

金色の瞳――。

テテはパナードの力を受けとめたのだった。主人は第二の金目を欲している。都へ乗りこむためには人間の姿をした、しかも美しく強い男が役に立つのだ。人の多い都では妖かしの獣で押さえこむよりも、尊敬されるべき魔性の英雄で人々を魅了するほうがよいことを彼は知っていた。いわばリュクティの演じていた女神の役を担う役者が、金目でありテテなのである。

「貝の皮膚を与える前でよかった」

「ではさっそく〝できそこない〟と一緒に村まで行かせましょう。ちょうど明日は聖餅《せいべい》を運び出す日ですわ。この子を途中で拾ったとでも言えば良いでしょう?」

リュクティはそう言って、ふと眉を曇《くも》らせた。

「殿……」

「なんだ」

「あの者たち、おとなしく聖餅を食べるでしょうか」

「何のために今まで芝居をしてきたのだ、リュクティ。村を襲わせてそれを助けるという茶番はグッチンたちを村長《むらおさ》にするためでも、僅《わず》かな貢《みつ》ぎ物を得るためでもない。本当の意味を忘れたのか?」

「いえ、確かに私はお芝居のおかげで皆の崇拝を受けていますわ、でも……」

リュクティは不安げに胸の前で手を組んだ。

「なにせ千人もの人間——一斉に聖餅を口にしてくれるのか、うまく像の力となってくれるのか、と心配で」

「強欲な長どもが、聖餅とは村人をもっと従順にさせるための薬だという嘘を真に受けて、嬉《き》嬉《き》として食わせてくれるだろう。何も心配はいらぬ。それに、金目を泳がせておいたのはなぜだと思う？　村娘一人を陥れるためだけに、あいつの甲冑《かっちゅう》を複製してグッチンに授けてやったとでも思っているのか？　人々の不安はまだ解消されてはいない。自分たちの身のまわりから獣に加担するような娘もでれば、テテが金目にさらわれたりもする——村人たちはさぞや怯えているだろう。そしてお前にすがってくる。お前の言うことならなんでも首を縦に振る。現に、金目が動きだしてからのほうが、像の建造はいっそう順調に進んでいるそうではないか。敵というものはそうやって利用するのだよ」

絶対に金目などにはやられない。その自信がパナードの言葉に溢れている。

薄く笑う横顔を、リュクティは熱い吐息をついて眺めていた。

金目は夢を見ていた。

波のように、夢は幾度も彼を訪《おとな》う。

幕開けはいつもこうだ。体がほてっていて、彼の体は勝手に気味悪い化け物へと変身していく。化鳥《ケチヨウ》に、コブオオカミに、角蜘蛛《ツノグモ》に。リュクティにさえなった。

変身しながら駆けている。追うのは緋《ひ》のマントをたなびかせた背中だ。

待て。俺を——人間の俺を返せ。

足元がおぼつかない。と思うと、黄金色の髪が絡みついているのだった。朝の小川のきらめきを帯びた髪の間から、紫水晶が二つ囁《ささや》きかける。

あの人は悪くないの……。

金目は、何故だ、と問いながら流れる髪の波間に沈んでしまう。

そしてまた暗い淵《ふち》から浮上すると走っているのだ。

彼自身の困惑が、同じ夢を紡《つむ》ぎ出してしまうのだった。パナードを殺してやりたいほど憎んでいる。それは変わらない。なのにシエラは……。どうしてあんな奴をかばうんだ——。

「騎士さん」

ぽっかり目を開いた金目の顔を、ロウゼルが覗きこんでいた。

「うなされてました」

「そうか……。シエラは」

起き上がりかけた金目に、ロウゼルは身振りで、ゆっくり、と伝えた。

化鳥からもとの甲冑姿に戻っていた。体の芯《しん》がまだ熱い。夢を見ながら多分化鳥と騎士姿への変身を繰り返しただろうに、巻き毛の青年はそのことを口にしなかった。

「リュクティの炎でだいぶやられています。特に蛇腹《じゃばら》が。四日ぐらいの眠りでは治らないんですね」

「そんなに――」

騎士は絶句した。

薄片を重ねた関節部分が、焼けてめくれあがっていた。頭が重い。

そこはあの森小屋だった。けれど、この暗さはどうだろう。扉も、跳《は》ね上げ窓もいっぱいに開いているのに、小屋の隅々には灰色の影がわだかまり、あの小川の音も聞こえないのだった。

淀んだ空気そのもののように、シエラは片隅に座っていた。子供のように膝をかかえ、ぼんやりと中空《ちゅうくう》を眺めている。

「どうしたんだ」

「騎士さんとパナードの間に挟まれて、身動きが取れなくなってしまったんです」

ロウゼルは渋い口調で告げた。

「あなたがうなされて、どうしてパナードをかばうのか、と言うたびに、ぽろぽろ泣いてたんですが、ついに……」

「しかし」

「無理ないんです。彼女にとって、パナードって男は、優しい双子の弟なんですから」

金目の心臓が、確かに一瞬止まった。

「……弟？」

ロウゼルは、金目の見なかったできごとを語りはじめた。

焼けた化鳥姿の金目が落下して鈍い音を響かせた時、ロウゼルの腕の中で炎を見ながらシエラの瞳はゆっくり澄んできたのだという。

「森を……私のせいで？」

ロウゼルは違うと言ったが、彼女は蒼い顔で首を振った。

シエラは荒れた森を見た。

塩を吹いた枝や腐った幹から目をそむけても、巨像の鱗貼りのために大量に倒された糊《のり》の木が視野に入る。そのかわいそうな森を自分は焼いてしまった、とシエラは悔悟した。

「とにかく、傷んだ森から離れなければ、と思いました。あなたをこの小屋へ運ぶ途中、彼女はやっと話し始めたんです」

「判ったことはすべて教えると、騎士さまに約束したのだけれど——森をこんなにしてしまった私に、自然のしくみを話す資格はあるのでしょうか？」

ロウゼルが質問を挟みながら聞いた話は、このようなものだった。

最初〝それ〟は海にいた。どこから来たのか、どうして生まれたのか——〝それ〟自身にも判らなかった。海の泡よりなお小さいその生き物は、微小な浮遊動物に食われ、それを魚が食べる。

魚はさらに大きな魚に食われ、また、白い海鳥のくちばしにすくい上げられたりもする。死んで波打ち際に打ち上げられたものは動物の糧《かて》となり〝それ〟は陸での食い合いにも広がっていった。

やがて宿主は老いて腐り、土や海に還る。すると、菌類が、木の根が〝それ〟を吸い上げ、実を小動物が拾っていく。

永劫《えいごう》ともいえる時間の中で〝それ〟は、ただ世界をまわり知識を蓄えていった。

〝それ〟はより良いものを求めて、強く賢いものへと棲み替えていく。それはたゆみのない〈前進〉だった。

「正直言ってぞくぞくしましたよ」

と、ロウゼルは打ち明けた。

「都の学問では進化という言葉を教えています。進化って何なんでしょうね。翅《はね》に大きな目の模様を持つ蛾は、その姿だと鳥に食われないで生き残れるのだと誰に教わったんでしょう。高い梢《こずえ》の若葉を食べるために首が長くなるのはどうしてでしょう。ずっと水に棲《す》めばいいものを、わざわざ重い体をひきずって陸に上がり、地上にふさわしい姿に変化していくのは？――人だってそうです。領土拡大合戦、王権争い……何が生き物を追いたてるんでしょうか。より良いものを目指して、どうして苦労しようとするんでしょう。〝それ〟がそうさせているんではないのでしょうか？」

〝それ〟は生き物の内に棲み、世界を満たした。時折、その存在をおぼろげに感じとることのできる動物もいたが、その知識を利用してもせいぜい他のものよりも都合よく餌を獲《と》れるぐらいのことだった。

——何百年も前のある日。

まだ都もなく、キヌーヌという名もなく、ただ現在のギーンに三十戸ばかりの家が寄り添っていた時代に、両親を失くした双子の姉弟がいた。十五歳の二人の髪は銀色で、瞳は美しい紫色だった。邑《むら》の手伝いをしたり狩りをしたりしてつつましく暮らす二人の夕餉《ゆうげ》に、ある日、獅子の肉がのぼった。

森へ入った姉の目の前で、老いた獅子はぱたりと倒れ、物言いたげな目で少女を見つめて息絶えたのだった。二人は邑の人々とそれを分け、肉と血を口にする——。

その瞬間、姉弟の世界が開けた。今まで生きていたところは色のない世界だったのかと思えるほど、草花や風や海が鮮やかに目に入る。

他の人々には感じられない〝それ〟を二人は感じることができた。もともとは同じ腹の中で育った姉弟である。二人は同時に〝それ〟の持つ生命の記憶を受けとめたのだった。

今ではなぜ百獣の王たる獅子が少女の前で死んだのかも判っていた。最強の獣までのぼりつめた〝それ〟が次に望むもの——それは知識を役立てるだけの知能を持つ人間だったのだ。

二人は空の色を見て風の行く末を予想することができた。鳥のように。

海の色を見てどこに魚がわだかまっているかを知ることができた。かつての魚の記憶で。

まだ小さな実しか結べなかった農作物をどうしたらたくさん収穫できるかも、蛇に咬《か》まれた時にどの草で湿布をすればいいかも、知っていた。

邑の人々は彼らを畏《おそ》れ敬い、自然の中に棲む妖精の声を聴ける者――妖精王と女王、と呼んだ。

「でも、その女王は優しすぎたんですよ。もちろん本人はそんなふうに言いませんでしたけど。今の彼女を見たら騎士さんだって判るでしょ？」

邑の人々は二人に甘えた。暮らしが豊かになると、とかく人は増長していく。苗の手入れを怠っておきながらなんとかしてくれと駆けこむ者。狩りの面白さに憑《つ》かれて無意味に獣を殺す者。

二人は若かった。邑の人々の嫌みや文句を真《ま》に受け、悲しんだり怒ったりする正しい心をまだ持っていた。

同じ肉を持つ二人の感情がすれ違いをはじめたのはこの時である。

姉は悲しむだけだった。豊かな生活へ導いたのも自分なら、堕落《だらく》させたのも自分だと思った。木々を愛し魚や獣に深く謝り、村人には自然を思いやる心がなければ実りや獲物は少しずつ減るのだと説いてまわった。生活に必要なものだけを感謝と世話を与えながら取る――それが自然とともに生きていく方法なのだ。森や海は彼らの世話に応えるだろう。作物や魚は豊かになり、人は増えるだろう。そうして両者がゆっくりと良い方向へ向かっていく――いわば〈穏やかな前進〉を……どうか、どうか……。

けれども弟は違っていた。姉をかばい、弁護しているうちに、どうしてあんな奴らに利用されなければならないのかと怒りを覚えた。でも自分の体はあまりにもひ弱だ。十五歳のまだ筋肉もろくについていない少年の肉体だ。邑の男たちにかなうわけもない。

彼は毒虫の好む匂いを家々に塗ってまわったり、森へ迷いこんだ村人を、手なずけた熊でおどしたりした。

村人の非難が高まり、ある日姉が青あざを負って帰ってくる。

姉さん。

と、少年は真摯《しんし》な紫の瞳を向けて言った。

僕はみんなにない力を持っている。でも、こんな目に遭《あ》うのはきっと、僕たちが弱いからなんだね。僕は強くなろうと思う。

どうやって、と姉は心配そうに訊《たず》ねた。

少年は、ふっと大人の顔になって、もう笑わなかった。

弟が行方不明になったのはその夜であった。

半狂乱で探しまわる姉の目の前を、一匹の逞《たくま》しい若獅子が横ぎった。口のまわりにべったり血をつけた獅子は、恥ずかしそうな目をして笑いかけたように思えた。

生命の、自然のなんたるかを知りつくした少年が試みた、大きな賭けの結果がその獅子だったのだ。智力はあるが肉体的には弱い人間から、意識を保ったままで強い獣の姿になれたなら……。

〝それ〟は彼の行動も〈前進〉と認めるのだろうか――。

「シエラさんは、彼は姉を守ろうとして、行ってはならない獣への道へ下《くだ》ったのだと言っていました。また、もし自分が目の前で死んだ老いた獅子のことを無視していれば、運命は変わっていた、すべて自分のせいなのだ、とも。弟である若獅子は邑人に狩られるふりをして森へ誘い出し、反対に襲うということまでしたそうです。やがて、五年後、若獅子が文字通り立ち上がる日が来ました。黄金と焦茶のまだらをもつ奇妙な獅子が、二本の後ろ脚で歩いて、彼女のところへ腕いっぱいの食べ物を運んできたそうです。それは熊そっくりの厚い掌を自慢そうに一度大きく振りまわし、恐ろしい牙の口元でにたりと笑って帰っていき――彼女はひどく悲しみました」

それがパナードが闇の王となったいきさつであった。

シエラは生き物の連鎖にそんな異質のものを嵌《は》めこんでしまった自分を責め、熊と獅子の化け物になってしまった弟を憐れんだ。

「思いすごしもいいとこだな」

金目の言葉にロウゼルはうなずきながらも、

「でも僕だって目の前にいる鹿が子鹿の母親だと知っていれば矢を放てないでしょう。知りすぎるということは自分の身を締めあげてしまうことなんですね」

「シエラは——昔の彼女は、それから?」

「死にました」

「死んだ?」

「ええ。何もできなくなって、ただ自分が何か行うことで狂ってしまう運命、何もしないということで狂ってしまう運命を思い悩み、身の置きどころがない気がして石のようにうずくまり、間もなく飢死したんだそうです。今の彼女はいわば生まれ変わり——。死んだ時に散らばってしまった〝小さい生き物〟を、食べるという行為で集めながら、妖精の女王と呼ばれた時の力を取り戻しているらしいんです」

金目は少し目を細めて動かない娘を見やった。

「パナードがああなった経緯《いきさつ》を思い出して、こいつは動けなくなってしまったんだな」

「シエラさんは泣いていました。弟は憎めない。やり方はどうであれ、彼は自分の信じた〈前進〉をしている。自分はかつて邑人を甘やかして失敗してしまった。もしかしたら、彼が絶対神として世を統《す》べた時にこそ、本当の幸せがやってくるのかもしれない」

「バカな!」

「けど」巻き毛を掻き上げながら青年はあわてて後半をつけ足した。「騎士さんの気持ちもよく判る。どんなにひどいことを弟がしてしまったのかも理解できる。仇討《かたきう》ちを止めることはできない……そう言ってぽろぽろ涙をこぼすのです」

淀んでしまった小屋の空気はシエラの心の反映なのだろうか。金目の吐きだす長い溜め息でも固い空気は揺らがなかった。

金目は少女に近づき瞳を覗きこんだ。

「シエラ」

暗い瞳が、金目の声に一瞬揺れた。もう一度名を呼ぶと、シエラは表情は変えず、人形のように色褪せた口だけを動かした。

「ごめんなさい」

「あやまらなくてもいい」

騎士の大きな手が彼女の右手を包みこんだ。

「私――」

「ロウゼルから聞いた。何も言わなくていい。ただ、俺は俺の信じた道を行く。たとえ世界がどう変わろうと、その責任を誰のせいにしなくてもすむように、自分で決めて自分で動く。それを言いたかった。お前がもし〝小さい生き物〟とやらを集めて妖精の女王と呼ばれた時の力を取り戻しているのなら、無駄にしないでほしい。今立ち止まってしまえば、下手物喰《げてものぐ》いと言われながら生き、急いで大きくなったお前は、また昔と同じことを繰り返してしまうんだよ」

涙が一つ頰にこぼれた。

「だめなの……。私、まだ力が足りないの。昔みたいにすべてが判るわけじゃないのよ。まだ――木も魚も動物も、私の味方になってはくれない……」

「その何かがあれば、お前は自然を意のままにできるというのか？」

シエラはかすかにうなずいた。

そうなればパナードを倒す勝算がある。金目は問い詰めたくなるのをぐっとこらえた。

「騎士さまと出会ったのも、私が今まで〝あれ〟を集められたのも運命の導き……けれど、ここまで。森を焼いた私はきっと許されやしない……」

「お前のせいではない。あれはリュクティの炎だ」

「同じことです」

シエラの瞳が、ちらりと感情を見せた。

「お願い。今度私があんなことになったら……殺して」

返答に困る金目にすがりつくような懇願をして、シエラはまた黙りこんだ。

もう揺すっても応えない娘に、金目はポツンと呟く。

「薪《たきぎ》だ」

ロウゼルは、は？　と問い返した。

「この娘は今動けなくなっている。固まった心を融かすには薪が必要なんだ。火炙《ひあぶ》りの囚われ人が苦しみながら最後の願いをした、という話を聞いたことがある。〝もっと薪を〟と――つまらんことを思い出したな。人であった時の記憶も戻らぬというのに」

「シエラさんは火炙りなんですか」

「だと思う。火炙りの薪は死を早める。しかし、生と死の間で苦しみ続けるよりは、薪を求める方がいい。少なくとも俺はそうしているつもりだ。憎しみの薪でパナードに向かっている。たとえ死が早まろうとも、あいつの思うがままに世界が変わっていくのをじっと見ているのは嫌だ」

「人を焚《た》きつけるのは憎しみだけじゃないと思いますよ」

ロウゼルの顔に柔らかな感情が溢れた。

彼は、つっと立ち上がって、じゃあ、と金目に軽く手を上げた。

「どこへ行く？」

「僕のなすべきことをしに行くんですよ。ほらちょうど夕暮れ時だ。牢に閉じこめられたお姫様を助け出すには良い時間でしょう？」

「俺も行こう」

「彼女は――」

「連れて行く」

言うなり金目はシエラを肩にかついだ。

「危険ですよ。争いごとが起きた時にそんな体では逃げられません」

「どちらにせよ死んだも同然ならば、多少の刺激を与えたほうがいい。いざとなれば捨てて逃げる」

「ひどいんですね」

そう言いながらもロウゼルは笑っていた。

シエラの長い髪が肘の蛇腹に絡まないように、騎士の手は優しく娘の髪を梳《す》いていたのである。


地下牢の中でラチータは焦っていた。

地下とはいっても冷たい石壁の上部には明かりとりの小さな窓が開いている。がっちりはまった鉄格子越しに、ラチータは月を見ていた。

やっぱり明日――。

月の丸みを読みながら、ラチータはいらいらと手を組みかえた。

伝えなければいけないことが二つもあった。

一つは開眼式のこと。日どりが早まったのである。作業は調子良く進み、今頃は足場が外されているだろう。あと三日のところが急に明日になったのであった。食事を運んでくるキュイルの話では、式にキヌーヌの民が全員揃うように、リュクティの下僕が馬まがいのことまでしているらしい。遠方のパルやザックンの村人を荷馬車に乗せてそれを曳《ひ》いているのだ。

かつて自分を襲った黒い悪魔が、人を乗せた荷台を引っぱれるほどにたくさんいるかと思うとラチータはぞっとするのだった。

キュイルはそんなラチータを鉄格子の向こうからせせら笑った。

「下僕はリュクティ様のお使いよ。何百何千いようと別に構わないじゃない。化けもんが近寄らなくなって、かえっていいんじゃないの？　あんたたちがさらったテテが無事だったのも、下僕のお働きなんだからね」

「テテが戻ってきたの？　だめ！　だめよ。テテが普通で帰って来られるわけないわ」

「どうして？　何にもされなかったって言ってるわよ。ロウゼルやら金目やらに殺されそうになった時に、下僕が助けてくれたって」

「そんなわけないじゃない！」

キュイルに何を言っても無駄だった。とんでもない美談と嘘っぱちを吹きこまれた友人には反逆者のラチータが何を言ってもだめなのだった。

そしてもう一つ。

セイペイってなんだろう――。

昨日、自警隊の男たちが積み上げていった木箱の中身がセイペイだった。箱は牢の右手奥、地下通路の突きあたりにぎっしり積まれている。

食べるものだと言ってたけど……。食べものに錠なんかかけるんだろうか。箱にはそれぞれ大きな南京錠がぶらさがっているのだった。

シエラは下手物喰いをして大きくなった。ロウゼルのジッケンでは食われ合いで不思議な事が伝染していった。

食べる……。

ラチータは妙にひっかかるのだった。なぜ聖餅を食べなければいけないのだろう。ラチータは、ぶつぶつと声に出して考えを巡らせた。

「セイペイには何か目的があるはずだわ。今までだってリュクティのすることには何一つ無駄なことはなかったもの。きっちり手順が組まれてて……いつも必ず目的があったもんね。化けもんとの茶番とか、あの甘ったるい獣寄せの匂いとか」

つぶやくラチータの顔から血が引いた。

「それって……みんなあの像を作らせるためだ――ということは……像ができて開眼式の日が来たら、あたしたちは用無しになるの？」

ラチータは聖餅の箱の冷たく光る錠を見た。

「――毒、とか……」

ラチータは自分の肩を抱いた。

「ロウゼルのバカタレッ！　何がすぐ行くよ。四日もほっといて。早く来てよ！」

今にも救いのロープが垂れてくるのではないか、とラチータは怒りながらも窓をにらんでいた。

その肩が緊張する。

足音がした。おどおどした感じだが、石壁に怖いくらいに反響している。

「誰？」

鉄格子に身を寄せて、ラチータは左手の石段から下りてくる人物を待った。

「私は何も知らない。何もしていない」

「――おじさん」

ポルンカは力のない表情で近づくと、手にしたヤスリで牢の錠をこすりはじめた。

「ポルンカという老いぼれは、今頃眠っている」

と、自分で言う。

「逃がしてくれるの？　どうして？」

ポルンカはちらりと娘の顔に目をやった。

「お前は明日見せしめになる。自警隊の奴らが打ち合わせしているのを聞いてしまった」

「見せしめって」

「開眼式にはキヌーヌ中の人が集う。そしてグッチンたちの命令で聖餅を食べる手はずになっているんだよ。しかしなにせ千人もの人だ。皆が皆、言うことをきくかどうかはわからん。そこで――お前の罪状が申したてられ、リュクティ様が現れてお前を罰する。もしかすると化け物を手引きした仲間として殺されるかもしれん」

「そんな」

ポルンカはヤスリと口を休めなかった。

「お前のような裏切り者を今後出さないように、忠誠の証《あかし》として聖餅を……お前の死体と守護神様の命令の二つを目の前にすれば、千人だろうと二千人だろうと皆は言うなりになるだろう」

「だめ！　だめよ、おじさん。リュクティなんか信じちゃいけない！　あいつ、ほんとは悪い奴なのよ。化けもんだってあいつの仲間で、もっと恐ろしい黒幕だっているのよ」

「ラチータ。まだそんなことを言うのかい。リュクティ様をあしざまに言うと、この手の動きが鈍《にぶ》ってしまうよ……。私はただ、お前がどうにかされるのを見てられないから助けているので、本当は改心してくれたらどんなに嬉しいかと今でも思っているのに……」

ラチータは深く息を吸った。

急にひとりぼっちになった気がしていた。信じてもらえないって、なんて悲しくてさみしいことなんだろう。

「おじさん――逃がしてもらっても、私どうしようもないわ」

「あの商人の青年は化け物の仲間なのか？」

「違うわ！　それだけは絶対に違う！」

「なら、彼と逃げればいい。商隊の者なら〈牙の荒れ地〉を抜ける道も知っているだろう。何もかも忘れて都で暮らしなさい」

固い音がして錠が石畳の上に落ちた。

ポルンカは、ふとラチータが幼い時に見た優しいおじさんの顔に戻って彼女の肩を叩いた。

「お前の父さんは何もせず運命に身をまかせようとした。自然の一部として村人も化け物も認めようとした――それは誰かを憎むよりも勇気のあることだと私は思っていたよ。お前が村を立ち去ってお父さんの仇を討つのをあきらめるのも勇気のいることだと思う。さ、行きなさい。自警隊は今私が差し入れた酒で宴会をしている。他の村からの人がたくさんいてお前の姿もまぎれるだろう」

「おじさん……」

「言ったろう、化け物の味方を逃がすことなどできん、憶病な老いぼれは家で眠っていると」

ラチータはポルンカの頬に軽くキスするともう振り向かずに石段を駆け上がった。

ギーンの村は賑《にぎ》やかだった。

辻々に焚かれた篝火《かがりび》の下では旅を終えたシロアやネネメの人々が野宿の準備をしている。皆の顔は一様に穏やかで、明日の開眼式を楽しみにしていた。

どこへ行こう。ロウゼルはどこだろう。

人目を避けながら歩くラチータの足は、やはりロウゼルの家へ向かってしまう。村はずれの廃屋は森への道に近い。ロウゼルの家で松明《たいまつ》を調達してそのまま森へ入ろう……。

ラチータは、胸が痛むほどロウゼルに会いたいと思った。

彼のくっきりした二重《ふたえ》の目を見た時、自分が何を言ってしまうのか自分にも判らなかった。

都へ連れて逃げて。

それとも、私たち死ぬかもしれないけれどセイペイを食べるのをやめさせましょう――?

顔を伏せたラチータの耳に、酔った自警隊員の声が聞こえた。

身を隠す所がない。このままではすれ違う時に完全に見つかってしまう。

ごめん、おじさん。せっかく逃がしてくれたのに。ラチータは覚悟を決めた。

「おい、何だ」

「鳩《はと》じゃないか、驚かすなよ」

鼻まで真っ赤にした男三人が、そろいもそろってバカみたいに口を開けて、高く低く飛ぶ白い鳥を見上げた。

「そうか、鳩か」

「そうさ」

「何だと思った?」

「明日のために白粉《おしろい》はたいたリュクティ様の下僕かと」

それはロウゼルの伝書鳩だった。

今だわ。

ラチータは、酔っぱらった指で鳩をさして下品に笑い転げている男たちの脇を足早にすり抜けた。

鳩はロウゼルの家へ急ぐ。

薄く開いた扉の隙間にすべりこんだ鳩のあとに続いて、ラチータはロウゼルの家に入りほっと息をついた。

「ん！」

いきなり後ろから口と胸を押さえられる。

「あ？……柔らかい。いっ！」

思いきり足を踏んで、ラチータは男の顔の高さのところを横に払った。

ぱんといい音がする。殴られた男の目が丸くなった。

「ロ……ウゼルさん？」

「はい」

ロウゼルは頬を押さえて情けなく返事をする。

「ラチータさん、元気そうですね。僕が助けに行くまでもなかったな」

ラチータは自分の唇が意志にかかわりなくわななくのを感じた。みるみる鳶《とび》色の瞳に涙が膨れ上がる。

「なにさ。びっくりしたんだから。あんたは助けに来てくれるって言ってたのに来ないし、自警隊に見つかりそうになるし、家に入って息ついたらいきなり……なによ！」

「すみません。心細かったでしょう」

「あ、あ、当たり前よっ」

「すみません」

不意にラチータの顔が温かくなった。

厚い胸におてんば娘を抱きながら、ロウゼルはその髪に自分の頬を優しくすりつけた。

「僕も心配でした。でも先にすることがあったんです。あなたを助ける時に追われる羽目になってたら、ここへ寄る暇がありませんから。そのおかげで鳩も帰ってきたし、あなたまで飛びこんできた」

「ロウゼルさん……」

彼は彼女の背をぽんぽんと叩いて、身を離した。

「その服は？」

ああ、と、たてつけの悪い窓から漏れる月明かりの中で藤色の服のロウゼルははにかんだ。

「商隊の道化服です。ほら、ラチータさんもこれ着て」

葛籠《つづら》の中に一枚だけ残っていた薄紫の道化衣装が出され、ラチータは素直にそれに着替えた。

これで頭に布を巻き、仮面を着ければ誰もラチータとは見分けられなくなる。だぶだぶの胸まわりを苦労して締め上げている時、背を向けて鳩の通信筒を開けていたロウゼルが声をあげた。

「ラチータさん！　あなた、幸福の手紙と一緒に僕のところへ来てくれたんですね。素敵だ」

道化服のラチータが高々と抱き上げられた。

「間に合ってくれればいいんですが」

くるりと軽業《かるわざ》みたいにまわったあと、ロウゼルは小さくつけ足した。

「ま、運命の女神とやらが微笑んでくれたらなんとかなるでしょう。剣も手に入れたし――」

言われてラチータははじめてロウゼルの腰の剣に気づいた。

細かな飾り文様に色ガラスを嵌《は》めこんだ柄《つか》が派手派手しい剣が腰帯に携えられていた。立派すぎるそれはおもちゃじみて見え、本物とは思えない。

「儀式用だけど中身は真剣ですよ」

道化服のロウゼルがそう言っても、ラチータはあまり安心できないのだった。

シエラは村を望む丘の上に正座していた。森と村を隔てる丘は海べりのギーンを包みこむようにゆるく弧を描いている。そこを通るどの小径《こみち》からも離れた北の広場の裏手に、彼女は座っていたのだった。

彼女と金目が身をひそめている丈の高い萱《かや》が風にそよぎ、リュクティ像の背が見えた。優しげに丸められた背は、抽象化されたたてがみから尾へ流れる背骨の線が美しい。足場も今はなく、金属粉や塩で色づけされた色とりどりの篝火が夢のように肌を彩《いろど》っていた。

炎《ほむら》を映す貝殻の列には全く乱れがない。これでは金目の剣をもってしても、いや彼の体の中に蓄えられている化け物の力をもってしても像を壊すことはできない。第一、あんなに大きなものをどうやって倒せるというのだ……。

萱の中で金目の吐息が流れても、シエラはぼんやり村を見下ろしたままだった。

式を前にした広場は、民族衣装の一張羅《いっちょうら》で身を飾った人々が往き交い、子供や女のさざめきが風に乗って聞こえてくる。

ロウゼルと違い、異様な姿の金目は人波に埋もれることもできず、不本意にも萱の中で身をかがめていたのだった。

役立たずが二人、か。

無表情なシエラの横顔を見て騎士はそう思った。

村の様子を見れば式が近いことぐらいは判る。しかし、ここで手をこまぬいているしかできない自分がもどかしかった。

金目はシエラに囁きかけた。

「お前がまだパナードを知らぬ頃、あの像を見てかわいそうだと言ったな。覚えているか？多くの糊の木を枯らし、大量の海砂を運び出して作られた像を、今のお前はどう思っているのだ？　あれのために森と海の自然の営《いとな》みが変わってしまったのだぞ。自然の声がお前に助けを求めているのが聞こえないか」

シエラは唇を噛んだように思えた。だが、それだけだった。

「パナードはあの像で都へ乗りこむと言っていた。多くの人が死ぬだろう。お前の嫌いな争いが起きる――それでもまだ自分の殻に閉じこもっているつもりなのか？」

身動きしないシエラに、金目は肩を落とした。

像は彼女の薪にはならなかったのだ。むしろ村の楽しげなざわめきを聞いて弟の成し遂げた偉業に思いを馳せているのかもしれない。

ロウゼルが戻ったら作戦でも練るか。

金目は、ロウゼルののほほんとした顔の下に隠された彼の本質を信用していた。都で身につけた知性、驚くほどの身の軽さと武術の腕は、人なつっこい笑顔を持つ人物がただものでないことを物語っていた。

都に彼のような大人物がたくさんいるとしたら、さすがのパナードでも今回のようにはいくまい。敵対の香りなどはすぐに気付かれるだろうし、コブオオカミや角蜘蛛、化鳥などの大型獣も、都にあるという王家の護衛団相手では長くもたない。現に、貸し出された化け物の多くは奇襲や脅しに使われたりはしているが、正面きった戦いはしていないのだ。

まさか、辺境の地に建立《こんりゅう》した神像で、都の人々を宗教的に縛れると思っているわけでもあるまいし――。

ちかっと金色の目が光った。

シエラの頭を押さえつけて息を詰める。

萱が不自然な波をたてた。黄味がかった月の下で波を蹴立てる者はゆっくりと右手から丘を上って来る。

「――テテか」

「そうだよ」

萱をかき分けて顔をのぞかせた少年は、目を細くしてにっと笑った。

シエラをかばう金目の右手からしゅっと剣が伸びる。

「判ってるんだね、僕のこと」

「ああ」

金目は苦しげに言った。

「村娘にまつわりついていた気弱な少年が、夜に村を離れて化け物の俺に会いに来るとは思えんからな。どうだ、賞品の揚げ菓子はうまかっただろう」

テテは破顔《はがん》した。

「おいしかったよ。熱が出たけどね。それはそこの姉君だって同じだもん。新しいものを体に入れる時にはそれくらいがまんしなくっちゃ。おかげで、僕、しあわせになったよ」

「化け物になって幸福か?」

「化け物じゃないよ、金目――もっと自信を持たなくっちゃ」

あどけない子供が大人の口をきいた。

「僕は生き物たちの先頭に立ったんだ。もういじめられないし泣くこともないよ。呑んだくれの父親だって、嘆くしか能のない母親だって、邪魔になったらいつでも殺せると思えるようになってはじめて、鬱陶しくなくなったよ。二人とも僕がなんだかしっかりしたって喜んでたし。誰がしあわせじゃないっていうの？」

それこそシエラの心を閉じこめてしまったパナードの論理だった。

テテは金色の目を剝いた。

「僕、待ってたんだよ。きっと金目は村へ来ると思って。でも来たのはつまんないほうのロウゼルだった。がっかり！　来てくれればこんなとこまでやって来なくてすんだのに」

テテの小さな足に踏み分けられて、萱は乾いた音をたてた。

「金目はホントに綺麗だね。リュクティに焼かれてもまだツヤツヤしてる。たくましい体と力強い渦模様――強くって美しくって……」

いやらしく笑いながら少年は間合いを詰めてきた。

「寄るな」

テテは上目遣いにくつくつ笑った。

「それに優しい。小さな男の子の姿だと殺す気も失せてしまうんだ」

「誘ってもだめだ。お前がパナードの最新作であることぐらい判っている。俺に取りこませてこの体を乗っ取る気だろう」

テテは両手を広げた。

「食われても意志を持ち続けるなんて、そんなむつかしい事できるのは殿だけだし、僕はわざと負けるほど甘くないよ！　これは食うか食われるかの戦いなんだよ——金目！」

語尾がねじれた。

月を背負って跳びかかった少年を金目の右手が狙う。目にも止まらぬ早さで繰り出された細い刃を、少年はいとも簡単に身をひねってかわし、金目の手甲と、右肩の覆い、頭の上、と三足《み》も踏《あし》んで後ろに着地した。

「く——」

なめられているのだ。

赤上着がテテのひ弱な外見の中から発掘した特質は敏捷《びんしょう》さではなかったか。これではかないようもない。

死んだ瞳でテテを振り向くシエラの前に金目が立ちはだかると、少年はうふと声だけをその場に残して、金目のはるか左手に姿を現した。

彼が通った跡が数瞬遅れてざざっと揺れる。

と、今度は間近の正面。

揺れる萱。

「こっちだよ」

三度目は右側。

テテは金目の兜《かぶと》を羽のような軽さで撫でて跳び越した。

「ほら――摑まえた」

すくんだ体のまわりをつむじ風がまわった。その風がおさまった時、テテは金目を細い体で押さえこんでいた。腕は肘の蛇腹のあたりで抱きしめられ、腿には半分の太さもない少年の脚がまわされている。ずり落ちただっこの姿勢だったが、テテの力は強かった。

「これじゃお腹の口も開かないね」

テテが異様な表情で彼を見上げて言った。

「金目のお腹の中も、こんな具合？」

少年は大きく口を開けた。

長く太いミミズがその中でのたくっている。貝の足に似た柔らかな管は、金目をあおるようにゆっくりと伸びた。

「なるほど、吸入口は腹にあるより口の中のほうが自然だな」

「負け惜しみ言って。僕があなたそっくりになったら、あなたはもう要《い》らなくなるんだよ。殿が言ってた。このちっちゃい体が嫌なら金目の容姿を奪えってね。言われるまでもないよ。僕、一目であなたのこと好きになっちゃってたんだ」

悪寒《おかん》に耐えきれず、金目は固く目を閉じて肘の剣を生やした。手ごたえがあり、ぬるぬるした温かいものが体の横を伝った。

「いいけどね」

腕を縫い留められたテテはつまらなそうに、

「少年の姿をした僕を傷付けて、姉上はどう思うかなあ。かわいそうって言って、あなたを憎むんじゃないの？」

テテはパナードにとって会心の作だったことだろう。金目と同じように、相手を取りこんでどんどん強くなるという発展性のある能力を持ちながら、心は緋の色に染まっている。初めから甲冑姿を与えなかったのは緒戦を飾らせるためなのかどうか……。

シエラに憎まれてもこの少年を殺さなければならない。

ささくれた喉元の蛇腹をテテの吸入口に味見されながらそう決意するのに、数瞬の間があった。

萱が騒いだ。

「テテ！」

同時に鈍い衝撃を感じた。

血走ったテテの目がいっぱいに開かれ、ショックで丸まった吸入口の管をだらしなく顎に垂らした。

少年の名を呼んだ者は、彼の腋の下に顔を埋めている。全体重をかけた剣はテテの胴から右肩までを貫いていた。石飾りのある大きな柄から少年の血が落ちて、みるみる土にしみこんでいった。

「ラチータさん」

剣を奪われたロウゼルがからっぽの鞘《さや》をカタカタ鳴らして駆け寄っても、ラチータは薄紫のターバンをわななかせたまま顔を上げなかった。

「――こんな……」

テテががくりとのけぞった。腕が金目の剣に貫かれていなければ、村娘の一撃などからは簡単に逃《のが》れられるはずだった。

少年の落ちる体がラチータの仮面をずり下げる。白塗りに笑顔を描いた道化の面の下からは、唇を嚙みしめた少女の涙が現れた。

ラチータが両手の指先で口元を押さえてあとずさると、テテの体が完全に地に落ちた。最期の痙攣《けいれん》の間も、少年の顔をした魔物は恨みがましい目をしていた。

なぜか目を離せずにいるラチータを、ロウゼルは自分の胸に抱き寄せた。

「何て……何て言ったら――」

「何も言わないで！　騎士さんもよ。ありがとうも助かったも言わないで！」

ラチータは、すべき事をしたのだった。

けれどそれはなんと辛《つら》い事だったか……。つい五、六日前まで自分になつき、はにかんだ笑顔を見せていた子供を手にかけるのは、地獄の責め苦に等しい。でも、だからこそ、自分の手でこれ以上化け物になるのを止めなければいけなかった。テテが森に消えた時から、それは心のどこかで覚悟していたことだ。けれどラチータの涙は止まらない。

金目は少年の体から剣を抜き、彼の金色の目と口を閉じてやった。そうしたテテは以前と少しも変わらない。

重々しく立ち上がった金目ははっとした。

シエラの紫の瞳からも、澄んだ泉があふれるように涙が流れていたのだ。

「お前……」

気丈な娘が起こした行動がシエラの心を揺さぶっていた。薪、だ。

ラチータがシエラの頬を平手打ちにした。

「あんたなんかに泣く権利はないよ！　いつまでもじっとしてるがいいさ。自分は何もしないで――」

盛大にしゃくりあげながらもラチータは続けた。

「あたしだって楽《らく》したいよ。都に逃げたいわ。あんたみたいに誰も憎まずに目をつむってすごしたい。でも嫌。グッチンが悪さをたくらんでる時、あたし、自分の生活を守りたくて何もであんたは考えなくっちゃいけません。悲しがるだけのために自分は甦ったのかどうかを」

ラチータさんをこんなに泣かせて……今のあなたの涙が自分の不甲斐なさのせいならば、あな

「シエラさん。人をすべて善悪で割り切れたらどんなに楽でしょう。テテ君をこんなにして、

ロウゼルが優しく語りかけた。

としたが、喉元までせり上がった塊《かたまり》に邪魔されて喋れなかった。

ラチータを見上げる美しい顔に苦悩の皺《しわ》が深く刻まれた。色褪《あ》せた唇が何度も言葉を生もう

やって黙ってるつもりかい、シエラ」

かい？　あんたが、あんた自身が、キヌーヌから妖精伝説を消しちまったんだよ——今もそう

たろうね。でも村人たちのことは考えたかい？　あんたを取り戻せない辛さを考えたことある

たはいなかった。私は何も殺せない、誰も憎めない、って聖人面《づら》して死んだあんたは幸せだっ

あんたは答えなかった。飢饉《ききん》の時も嵐の時も、本当にあんたを必要としていた時でさえ、あん

あんたから授かった知恵でなんとかもとに戻し、これでいいですかって森の中へ訊ねた。でも

たちだけど、それでもしばらくはあんたのことを案じていた、と伝えられてるよ。荒れた畑を

ら、女王さんがいなくなったあとの村人のことを教えてあげる。あんたががっかりした村の人

「リトル——シエラ……。あんたは妖精の女王と呼ばれたことのある人なんだろう？　だった

息を整えたラチータは、静かに口を開いた。

きなかった……でもそんなのって嘘っぱちの平和だわ！」

シエラは月を仰いだ。太古から変わらぬ、丸い月が彼女の全身に清冽《せいれつ》な光を投げかけていた。

「——これが私の定めなのね」

シエラは自分に言い聞かすように言った。

「森が海が人が、私に目覚めよと呼びかけているのね。私がここに甦ったのは、私が必要だからなのね……。私、話さなければいけないわ」

シエラは、じっとテテの死体を見つめ、しばらく考えこんだあと口を開いた。

「今から五代前、塩の霧が現れはじめた時には、自然のしくみを教える〝小さい生き物〟の声をかすかに感じる村娘がいただけだったのです。塩害や化け物のために村が貧しくなって、彼女は森の中に糧《かて》を求めなければならなかったわ。そしてそこには妖精の女王から散った〝小さい生き物〟が潜《ひそ》んでいた——。もしパナードが霧や化け物で村を攻めなかったなら、彼女は〝それ〟に巡り合わなかったでしょう。そしてその村娘こそ五代前のシエラ……。〝小さい生き物〟は妖精の女王のことも覚えていたわ。彼女は巫女《みこ》を名乗ったの。でも彼女は〝それ〟を全部集めたわけでなく無力だった。

〝それ〟は女王復活に力を貸してくれました。普通の娘よりも自然を操れる女王のほうが宿主として良いのだから、〝それ〟の〈前進〉の本能がそうさせたのね。彼女も、その娘も、自分の中にある能力を薄めないために、父親を必要としないで身ごもることすらできた——。巫女の娘で下手物喰いの私は森小屋へ追放され、グッチンに父親を殺されたラチータは半分意地になって私の面倒を見てくれました。でなければ私はパナードに対抗する騎士さまにもお目にかかれなかったし、ロウゼルさんにも――」

三人の頭の中ではシエラの語る運命が渦巻いていた。

もしパナードが霧と化け物を生み出さなかったら……。シエラも金目も存在しないし、ロウゼルは都にいるだろう。

「パナードが介入してきたことが原因で、あなたは目覚めたんだ。闇の王の力が、めぐりめぐって妖精の女王を復活させたんですね。闇、光。裏と表――」

ロウゼルの言葉に、シエラは微笑んだ。

「まだまだこれからだ」

金目が固い声で言った。

「開眼式の、いや、村や都、世界の運命は俺たちで変えねばならん」

「そう――今は素直にそう思えるわ。大切な森を焼いてしまった私でも、まだ必要としてくれる、そんな力が今ここにある……」

幽霊のように立ったシエラは、横たわるテテの側に歩み寄った。

三人はすぐに彼女の言った運命の意味を知った。

「シエラ！」

「シエラさん」

テテの胸の上にかがみこんだ彼女を男二人が急いで引き剥がした。

シエラの口の端から少年の血が糸を引いて流れる。

「ばかか……お前は、それ以上パナードの影響を受けてどうするんだ!」

「ここにあったの。一目で判ったわ。昔の私が持っていて今は失ってしまった、〝小さい生き物〟の最後のかけら……」

はや熱を帯びてぐったりしたシエラは金目の腕の中にしなだれかかった。

「騎士さま。約束守ってね。私、あの人の争いの心に負けないつもりです。でも、もしもまたあんなことになったら――」

「判った」

笑みを残してシエラは体内の囁きを感じるために紫色の窓を閉ざした。

開眼式は明日だというのに。

Ⅵ

森から朝がやってきた。薔薇《ばら》色の空気がひんやりと村へ流れてくる。めでたい開眼式の美しい朝の空気をいち早く家へ入れようと、こみあった家々の跳《は》ね上げ窓はすべて大きく開かれていた。そこから覗くのは明るい顔ばかりだ。像を造っている作業中でさえ夜の獣はほとんど襲ってはこなかった。それが完成したのだから、もしかしたらもう恐ろしい目に遭わなくてもすむかもしれない。

像の完成を祝う朝には霧ひとつなかった。天はひたすら青く高く、湿りっぱなしだった服も乾いている。リュクティの像を仰いで、村人はみな希望に満ちていた。

鱗《うろこ》を貼り終えたリュクティ像は、優しい犬の顔をして広場と村を見下ろしていた。瞳のところだけ大きな洞《ほら》のようにくり抜かれているので、黒目がちの少女そっくりの穏やかさが伝わってくる。

下僕《しもべ》たちに夜っぴいて曳《ひ》かれてきた他の村の人々は、朝日を浴びる像を見上げ、眠さも忘れて口々に感嘆した。

だが子供たちにはどれほどの価値があるのか……ただお祭りの空気で胸をいっぱいに膨らませて走りまわっていた。

先頭を走るアーダの目の前、家と家との間の犬走りと呼ばれる小路から、ひょいと薄紫の腕が飛び出した。

「ひゃっ」

急停止した少年の背にピピンやジョジョがぶつかった。

ぶかぶかの袖が、ゆらりと揺れて魔法使いみたいに手招きした。と、ひょっこり道化の面が現れて子供たちに小首をかしげる。

十二の瞳が輝いた。

「道化だ！」

開眼式という前代未聞の祭りでありながら、今回は見世物も商隊もいないのだ。グッチンは自分の力を誇るために都から貴人を呼ぼうとしたが、パナードに止められていた。守護像はグッチンたちが都でいい目をするための切り札であり、切り札はそれらしく都人《みやこびと》にはあとから見せるのが良いのだと説明され、グッチンは不承不承うなずいた。だから彼は、都からの客がない理由として、キヌーヌを追われた獣たちが〈牙の荒れ地〉にまで出没し、都からの道は閉ざされている、と吹聴してまわっていた。

「どっから来たの？」

ジョジョが道化の上着をつかんで訊《たず》ねた。

道化はそれには答えず、腰の剣を抜く。

柄《つか》がきらきら輝き、刀の峰にまで細かい連続文様の入った剣は子供たちの目を奪った。

道化は剣の重さに大げさによろけ、そのまま奇妙な踊りをはじめた。うまいのかへたなのかちっとも判らない。わっと声が出てしまうほど身が軽いかと思うのに、手足は不器用にひらひらするだけなのだ。道化は犬走りの中に入って行った。

くるりと振り向いて真っ赤な絵の具の口元で人さし指をたてる。

アーダたちはくすくす笑いながらあとに続いた。

犬走りはその名の通り犬しか走れないような路で、両側から突き出した庇《ひさし》が、日光と屋根の上で休んでいるたくさんの下僕たちの視線をさえぎっている。迷路のようになった道を、道化は下水溝を跳び越え、踊りながらずんずん奥へ急いだ。

「あ」

「ラチータん家《ち》の裏庭だ」

道化がぱっと手を広げて立ち止まった場所はみんなが遊び慣れたラチータの家の裏だった。庭と呼べないほどの狭い庭にもう一人道化がいた。笑いを運ぶ者にふさわしくなく、胸の前で手を握りしめている。

その道化――ラチータは仮面の下ですうっと息を吸った。

頑張らなくちゃ。

シエラは明け方になっても熱が下がらなかった。赤い目をしてしきりに森の奥へ行きたがったので、金目が連れて行った。式が始まるまでは一緒にいるが、いざとなれば彼女を置き去りにするつもりらしい。

道化姿をした二人は聖餅《せいべい》のことが気がかりで一足早く村へ入ったのだった。生身の人間二人で千人もの人とリュクティを敵にまわせるはずもないが、儀式を混乱させることぐらいできるのではないか——そう思いたかった。

問題はこの子たちがどういう反応を示してくれるか、だ。

「はーい！」

張り上げた声は上ずっていた。

「ギーンの良い子の皆さん。もう他の村の子供とはお友だちになりましたかァ？　おやおや、それはいけないわねェ。みんなで探せば、早く当たりが見つかるかも知んないよ」

「当たりって何のこと？」

待ってましたとばかりにラチータはピピンに答える。

「聖餅って知ってる？」

「あれ、センベイじゃないの」

「おバカだね。セイペイって言う特別なものなんだよ、あれは」

「うん、知ってる」アーダが言った。「グッチンさんの合図でリュクティ様にお祈りして、そん時食うんだろ。子供は先に食べちゃうといけないから、まだくれないけど」

「そうそ。でもね」ここで道化は少しかがんで声を落とした。

「あれは、とーってもマズくって食べられたもんじゃないんだよ。本当はあの中にクジが入っててね。地面に叩きつけて割ってみな。金色の花火がパンってはじけたら当たり。リュクティ様から、あの像より大っきな砂糖菓子がもらえて――」

我ながら何て嘘をついてるんだろう、とラチータは思った。ロウゼルはなぜか海の方角を見ていて、ちっとも助けてくれない。

「ラチータ……」

「えっ？」

あわてて口を押さえたが遅かった。

「ラチータ、やっぱりラチータだね」

またたく間にアーダに詰め寄られ、仮面を奪われてしまう。

「アーダ、みんな……」

絶句する。ラチータは裏切り者だった。きっと親たちは一時的にでも彼女に子供を預けたことを後悔し、子供たちにもそう言いきかせているだろう。キュイルですらあんな態度だったのだ。

「聞いて」

ラチータは祈るような気持ちだった。

「聖餅は毒なの。本当に本当に悪い人たちが、みんなやお父さんやお母さんに毒を食べさせようとしているの。でも、あたしの力だけではどうにもなんないのよ!」

信じて。信じてお願い。

ラチータはつぶらな瞳たちにそう念じた。

「ほんとに毒なの?」

深くうなずき返すと、アーダは、

「その本当ォに悪い人たちがテテを連れて行ったんだね」

と真剣な顔をした。

「そうよ」

「ラチータがそう言うなら、そうなんだよね」

「え?」

アーダは鼻をこすってにやっと笑った。

「ラチータは嘘ついたことないしさ、手が早いのだけのけたら、いいアネゴだしさ。それにテテがいなくなったって聞いた時のラチータの顔――だから、母ちゃんがいろいろ言ったって、みんなで違うよな、ってこっそり話してたんだ。で、みんなに聖餅を食わせなきゃいいんだろ?」

笑い泣きしながらラチータはうんうんと首を振った。

「今までのふるまいが報われましたね」

ターバンで押さえつけてあった巻き毛をふりほどきながらロウゼルが言った。

「ねえ」

おしゃまなピピンが見上げる。

「さっきの踊り。猿のほうがマシだったわよ」

「そうですか?」

「ラチータの砂糖菓子のお話のほうがよっぽどミリョクテキだったわ」

「――やっぱ、それしかないよな」

それを聞いたアーダが、何事かを一人合点した。

銅鑼《どら》が響き渡った。かつて大漁を知らせた鐘は、今、開眼式のはじまりを告げている。

華やかな民族衣装を着込んだ千人余のキヌーヌの民は、各村に分かれて地面に腰を下ろし、慈愛に満ちたリュクティ像を見上げて緊張していた。

自分たちの小さな手でこれだけの物が出来上がった。稜線《りょうせん》を金で飾った台座や、つやつや光る石の爪、一枚一枚貼られた貝殻の鱗を見るにつけ、その作業に身を削ったぶん、必ずや幸福はやってくるという確信が湧いてくるのだった。夜の獣という共通の敵のために協力して行った大事業は、人々の心を結びつけた。この式典を滞《とどこお》りなく終わらせることが最後の労働だ。ひいては、今までの苦労が至福に変わる大事な時だった。

そう考えての神妙さで、千の人々は長《おさ》たちがかわるがわる喋《しゃべ》る大演説にも耳を傾けた。忍び笑いをする子供たち以外は。

「なんだい、気持ち悪いね」

魚模様の錦を肩から斜めにかけたパルの母親がこっそり子をこづいた。

「遅れて来たと思ったらニヤニヤしてさ」

母と同じ格好の男の子は、何でもないよ、と、何でもないように見えない顔で答えた。

像の裏側、テテが死んだ丘の斜面を、萱《かや》を分けながら青い影が走り下りていた。

金目《キンメ》だ。それも一人っきり――シエラはまだ森なのだ。

騎士は萱の中を中腰で急いでいた。その神経は広場のリュクティ像の後ろ姿と、その尾の脇にある小屋に集中していた。

あそこに奴がいる。

もう勝ち負けを気に病む時ではなかった。かなわないとは知りつつも、向かっていかなければならないこともある。像の向こうに座った色彩豊かな人々のためにも、奴に刃向かわなくてはならなかった。金目の立場を知らぬ人にとっては向こうみずな夜の獣が式を邪魔しに来たとしか思えないだろうが、混乱くらいはひき起こせる。ラチータたちがうまく行動を起こしてくれればもっといい。ラチータから聞いた聖餅の危険性を叫ぶくらいの間はあるだろう。

甲冑《かっちゅう》の固い足元がぐんなりした生温かいものを踏んだ。

「おや。飛びかからねばと思っておりましたものを。まともに踏んで下さるとはありがたいことでございますですな」

肉の水溜まり、といった感じの物体は、のらりくらりとそう言うと、金目の体にまとわりつくようにして立ち上がった。

「〝できそこない〟――」

「匂いでお判りかと思っておりましたが、ホントに気が急《せ》いておられるようで……わたくしごときに、金目殿がねえ」

肉柱がしだいに人の形を取りはじめる。強烈な腐臭を放ちながら、〝できそこない〟はナメクジに似た動き方をしてかたわらの赤い上着をたぐり寄せた。つるり、と服に袖を通すと、いつか見た見世物小屋の主の姿になる。その間にも彼はぴったりと金目の右側に絡みついていた。

「お前に俺が捕らえられると思うか」

「はいな」

左手の剣を伸ばした金目は、うっと呻いた。

臭い息を吐いて赤上着はにやりと笑う。

赤上着の指が、もろくなった右肘の蛇腹《じゃばら》を破って金目の〝中〟に入って来たのだ。

「お屋敷で自分の腸に顔を埋めておりました時とは、多少違うのでございますよ」

金目の全身が総毛立った。赤上着の指は肘から二の腕の骨の脇を這《は》い上がる。筋肉を押し分け骨を摑まれているのが判ってしまうのだった。小さな蟻が肉や骨を嚙んでいるような感触に、金目は気が狂いそうになった。

「この！」

「おっと」

赤上着は刃を振り上げた金目に落ち着いて言った。

「お斬りになるのなら構いませんのですけれども、お困りになるのはあなた様でございますですよ。わたくしの指はわたくしから離れますと、放たれた犬のように自由にあなたの中を駆けずりまわってしまいますですから。それはわたくしを殺されても同じこと――いやはや、なかなか主人の言うことをきかぬ指でして」

赤上着は騎士の骨を押した。

「このまま一緒に行かれるのが得策かと存じますが？」

演台の上の村長《むらおさ》たちの話は、ひどく長くくどいものだった。自慢と苦労話、リュクティへの世辞と今後の幸せを人々の前で話している男たちの表情には、自分の話に酔いしれている感があった。

彼らの将来は約束されていた。パナードは聖餅に民たちが従順になる何かを入れていたし、深く静かに争いごとの続く都へパナードと獣たちが進出すれば、彼らにも中央への道が開けてくる。舌がべらべらよくまわるのも当然だった。

「何をしている。早く神の姿になりなさい」

控えの小屋で演台の話をうかがっているリュクティにパナードは優しく言った。

彼女は特別よく織り上がった緋色《ひいろ》のローブを惜しそうに身に巻きつけてためらった。

「人の姿ではいけませんの?」

「それではお前がリュクティだと誰も判るまい。本来の姿をしていないといけないよ」

「でも……」

醜い姿をさらしたくない女心が彼女をすねさせた。

「私はずっとこのままでいられるようになるんでしょう? それなら皆に、女王の姿を披露したってかまわないじゃありませんか」

パナードは憐れむような顔をした。

「それも守護神の命令で無事に聖餅を食べればのことだよ。駄々をこねるんじゃない」

「——はい」

リュクティの細い腕が摑まれた。パナードは、あっという間に赤い唇を奪った。

「いいね。お前は今日から世界の女王になる。ふさわしい働きをしておくれ」

頬を染めたリュクティは、自分の唇を押さえながらようやく変化をはじめる。

「……見ないで」

ローブが足元に滑り落ちた時そう言ったが、パナードはじっと見つめていた。

「最後の着替えだ。見ておきたい」

その言葉は男女の胸の内で全く異なる意味を成していた――。

壇上でトリを勤めるグッチンは、ひとしきり演説をぶったあと、皆を見下ろして言った。

「では皆さん。夜の獣を追いやってくれたこの像に祈りを。そして皆がリュクティ様の本当の子供であることの証《あかし》に聖餅をいただきましょう。食べればリュクティ様のお力は皆の血となってめぐり、病にもかからず、化け物どもも遠ざけるようになるのです。さあ――お祈りを」

千人の民が波のように頭を垂れる。

グッチンたちは、最高の気分だった。

その時だ。澄んだ明るい口笛が鳴った。

「やったぁ！　合図だ！」

静かに礼をしている大人たちの間から一声そういう叫びがあがると、あとは蜂の巣をつついたような騒ぎになった。

儀式に退屈していた子供たちは、母親の手を振り払い、立ち上がったかと思うと手に手に丸い聖餅を挙げて勢いよく地面に叩きつけた。こんがり焼けた菓子はパリンと良い音で割れる。

「はずれだ！」

「ちょっとそれも貸して。当たりかもしんない」

大人たちの血の気が引いた。リュクティ様から下賜《かし》された大事な聖餅を、なぜ子供たちが打ち砕くのか理解できなかった。

アーダが流したデマが効を奏しているのだ。大人が慌てて言いきかしても子供たちは耳を貸さない。甘い物だと言って苦い薬草を飲ませたり、怒らないからと安心させておいてやっぱり叩くのが大人なのだった。

蒼白な大人たちの手を、子供は追っかけっこを楽しむようにするりと抜けて走りまわる。泥だらけの犬や家鴨《アヒル》をひきつれて道化が二人踊りこんだ。子供の歓声が大きくなった。

が――貧しい村なので子供はそう多くない。病気や飢えや間引きのせいで、混乱作戦の小さな兵士は少ないのだった。やがて、次々と大人に押さえこまれていく。

下僕たちも黒い渦巻きになって広場を覆《おお》った。道化の衣装を爪にひっかけ、仮面にひびを入れる。

「遅いわ！」

ラチータは森に叫んだ。

「遅い!」

ロウゼルは海に向かってそう言った。

「何の騒ぎだ?」

パナードの声に、鱗の肌から白い蒸気をたてたリュクティの目がかっと開いた。

そこへ、赤上着が姿を見せた。

「殿……」

「おお、戻ったか」

入り口の筵《むしろ》をはね上げて赤上着はにんまり笑い、金目をずいと引き入れた。

「不様《ぶざま》だな。その格好では悪たれ口も叩けまい」

「ああ」と金目は答えた。「蛭《ひる》に食いつかれているんでね」

「シエラは?」

「姉君のお姿はございませんでした。この男は森の奥深くで別れたと――こう骨をひっかいてやるとようやく白状いたしましたが」

大きくのけぞる金目にパナードは満足そうだった。

「結局、森へか。何もできないままでいてくれたのだな。優しいことだ……リュクティ」

「はい」

「皆を静めよ。言うことをきかないようなら金目を連れ出し、あの村娘のかわりに罰してやれ」

小屋を出たリュクティが空高く舞い上がった。

「静まりなさい！」

女の声に、人々は一瞬動きを止めた。

初めて陽光の下で守護神を見る人々の顔は奇妙に歪《ゆが》んでいた。暗闇で光る銀の眼《まなこ》は宝石のようだったのに。獣たちを追い払う姿は神々しいまでに気高かったのに。明るい日光の下のリュクティは、慈愛溢れる像と違ってあまりにも邪悪な姿だった。

「何をしている、長ども。私への忠誠はどうした！」

像の頭上に像と同じ形に座ったリュクティの叱責がとんだ。

「リュクティ様……」

異様ではあるが今日まで自分たちを守ってくれた女神が現れたのだ。騒ぎが静まっていく。

「騎士さん、シエラ！　助けてよ！」

自警隊に羽交い締めにされてしまったラチータが、まだ来ない二人に叫んだ。

ロウゼルも押さえこまれながら声を張り上げた。

「だめだ。聖餅は毒だ」

リュクティは高みで鼻を鳴らした。

「邪《よこしま》な者どもがそう言うのなら、聖餅は良きものだという証——長よ。お前たちから毒味してみるがよい」

「しかし……」

ニキの村長がためらいを見せた。

「私を信じなさい。お前たちと共に過ごした夜を思い出して」

七人の村長が顔を見合わせた。

「まさか本当に毒ではないでしょうな」

「いや、これを食べると従順になるというだけで……」

「共に過ごした夜というと晩餐会のことだろう？　きっとその中に聖餅の作用から身を守る薬でも入っていたんじゃないか」

見上げるとリュクティが安心なさいとにっこり笑い返した。

「毒かどうか、しっかり見るんだぞ」

長たちは民衆の面前で聖餅を食べた。

人々が固唾《かたず》を呑む。

グッチンの猪首《いくび》がびくりと動いた。

「――ほれ」

長たちは冷や汗をかきながらも両手を広げて無事を証明する。

「だめえ！」

地に落ち、泥にまみれた聖餅の破片を拾い上げる村人たちにラチータは叫んだ。

「言うことをきかぬ奴には口を開けさせてねじこめ。改心させるんだ」

「くそ！」

四人がかりで押さえこまれたロウゼルがむなしくあがいた。

リュクティが微笑む。下僕たちが女神の周囲で、何かを待っているように旋回した。

もう少し……あと少しで私は女王になる。

リュクティがそう考えた時、真下から鮮やかな緋色が目に飛びこんできた。

「殿？」

小屋から走り出たパナードは、柄にもなく蒼ざめて丘を見ていた。

「どうなさったのでしょうねえ」

小屋に残された赤上着は、好奇心を押さえきれずに金目を連れてパナードの後を追おうと舞台側の筵に手をかけた。

「行くのなら一人で行け」

え、と振り向いた赤上着に一瞬恐怖が走った。

「だ……だめでございますですよ、剣を出されても。何度も申しますが――」

「判っているさ」

剣が唸った。

赤上着はひっと声をあげたかと思うと、大きく後ろ向きに倒れた。

「な、な、な……」

自分の前に仁王《におう》立ちになった騎士のすさまじい殺気に言葉が出ない。

赤上着は自分の左手が握っている物が信じられなかった。

青く美しい貝細工のような金目の右腕だ。肩口から思い切りよく切断された腕はみるみる血溜まりを作っていく。

金目は荒い息を吐きながらも、血塗りの剣を赤上着の眼鏡の真上にぴたりと止めた。

「せっかく役に立つようになったというのに残念だったな」

驚愕する赤上着の頭にざくりと剣が刺さった。

「——ざ……残念なのはあなたさまのほうでございますですよ」

眉間に深々と剣を突き立てられた赤上着の顔がにやりと笑った。

「何だと」

左手を上げると嫌な手ごたえがして赤上着の頭がぱっくり割れた。すさまじい腐臭とともに、黄色いドロリとしたものが流れ出る。

頭の割れた赤上着が口を歪めながら言った。

「そこには脂肪を収めてあるのですよ。殿が、中身を入れておくのならどこに何を入れても良いとおっしゃいましたので。申しましたでしょう。以前のわたくしとは一味違います、と」

血溜まりに尻もちをついている赤上着を、金目はじっと見つめた。

自分の青い腕が赤上着の右の腿の上で大事そうに抱えられていた。

「違わないな。所詮は〝できそこない〟だ」

「何で――」

何ですって、という言葉はそのまま最期の叫びに変わった。

金目の爪先の剣が、赤上着の右手と右足を串刺しにしていた。

蹴るようにして切り開く。

と、そこには太腿にはあるはずのない、小さな肋骨《ろっこつ》が心臓を守っていた。

剣に傷ついた心臓は、びくんびくんと痙攣《けいれん》し、じきに止まった。

「大事なところを手でかばってしまうのは、本能というものだろうな」

金目は残された左手で右肩を押さえた。失血がひどい。

金目はよろめきながら、舞台へパナードを追って行った。

パナードを小屋からひきずり出したある気配は、、、、ようやくリュクティにも感じられるようになっていた。

丘を走る雲とその大きな影――。

いや、雲ではなかった。

雲と見えたのは空を飛ぶ森の生き物たちの群れ、影と見えたのは地を駆ける動物たちの姿だった。野犬や熊や狐、兎やリス。それらの先頭を走るのは若い獅子だった。黄金色の巨体の上、たなびくたてがみの後ろにシエラが乗っていた。

「急いで！」

シエラの細い指先が一直線に広場を指し示す。

動物たちの群れは一心に村へと駆け下っていった。

甲高く啼《な》く鷹が、人の手から聖餅をはたき落としていく。そして様々な鳥たちが、色鮮やかな小鳥たちが、小さな昆虫たちが……。

シエラは動物たちに命令したのではなかった。彼らもまたシエラの言葉を理解しているのではない。人間の村を目指し、聖餅をはたき落とすのは本能だった。地鳴りの前兆《ぜんちょう》をとらえた時のような胸さわぎ、巣に山火事が迫った時のような危機感が、彼らをつき動かしていた。こうしなくては自分たちの身が危ない——シエラからはそれが伝わってくるのだった。

パナードは、前のめりに丘を下る獅子の背から澄んだ紫色の瞳が自分をひたと見据えているのを感じた。

それは彼が遙か昔に失ってしまった瞳の色だ。食われ食われて生き物の間を巡るうちに様々な獣の色が混じりあい灰色に濁ってしまった自分の目のかつての色。

「何をしてる、早く、早く聖餅を！」

リュクティが自分の像の頭の上で地団太《じだんだ》を踏んだ。

鳥と下僕たちがもつれ合い、森の獣が人をかきまわしていた。混乱を抑えるには早く像を動かさなくてはならない。

リュクティは聖餅を食べさせようと焦った。

「食べてはいけません」

凛《りん》とした声でシエラは言い放った。

「それを食べたら死んでしまいます！」

混乱の中でもその声は人々の耳にはっきり聞こえた。

「何を言うの。村長たちは無事じゃなくて？　グッチン、そうでしょう！」

睨まれたグッチンは、おたおたしながらも長としての意地を見せた。

「そうだ。この女は下手物喰《げてものぐ》いの気違い巫女《みこ》だ。みんな、早く聖餅を食べてリュクティ様に守ってもらえ」

「シエラはまともよ」

ラチータが声を張りあげる。

「みんなだまされてんのよ、判んないの？　あの赤いマントの男とグッチンたちが夜の獣をけしかけていたのよ」

「惑《まど》わされるな。我々はリュクティ様のもとでこそ幸せになれる！」

ドートンの長がそう言い切った。

獅子の背でシエラはその彼を悲しむ。

「その像はあまたの犠牲によってできています。魚ごとさらった海の砂をたくさんの糊《のり》の木で固め、貝殻を貼りこんで――。夜の獣やこの像のために、今、自然の営《いとな》みが崩れています。狂った自然が私を呼びました。そして目覚めた今、私はあなたたちを見殺しにできない……以前のようには！」

「自然か。今さら妖精伝説など聞きたくないね。お前にそんな力があるのなら、なんで今まで化け物から守ってくれなかった？」

パルの村長がまとわりつく小鳥を払いながら口火を切り、他の者も続いた。

「そうだ。我々にはリュクティ様に頼るしか生きる道がない」

「こんな騒ぎを起こして――イタッ、くそこのネズミ！――騒ぎを起こしてリュクティ様の守護が得られなくなったらどうなると思うんだ」

「そうだ」

人々から同意の声があがった。

これ以上真実を告げ続けることは、自分の首を絞めることになる。シエラは顔を覆いたくなるのをぐっとこらえる。

せっかく自然を守るだけの力を取り戻したというのに……。

昔、自分が見捨てた人々は、もう妖精伝説などに見向きもしないのだ。ただ目の前にある強大な力にすがるしかないと思っているのだ。

「パナード！」

シエラは彼を憎いと思った。

弟は姉を呆然と眺めていた。ヒステリックに喚《わめ》くリュクティの声も、飛び交う下僕や鳥も邪魔にならなかった。ただじっと姉と見つめ合っていた。

「パナード、やめさせて」

「シエラ――聖餅は人を楽にする。悩みのない世界へ連れて行ってくれる」

「死んでしまっては何にもならないわ」

「死ぬのではない。より強いものの一部となって永遠に生きるのだよ。ほら、姉さんの好きな楽園がすぐそこにあるんだ。なのに邪魔しようというのかい？」

「言いたいことはそれだけか」

ぬるりとした温かいものがパナードの肩に触れた。

「騎士さま！」

金目はよろめきながらパナードの首に剣を添えた。

「パナード。この時を待っていたぞ」

「お前には私を倒せない」

金目は笑ったように見えた。

「変身するのならしてみろ。幸福を説く者が、公衆の面前で化け物じみた姿に変身するとまずいんじゃないか？」

「おとなしく殺されるわけにもいかんのだよ、金目！」

パナードは大声をあげた。

「助けてくれ！　化け物が——金目が！」

動物たちに攪乱《かくらん》されていた人々が、一斉に像の足元を振り向いた。

夜の化け物がリュクティの配下である上品な紳士に剣をあてている。人々の目にはそう映った。

「騎士さま！」

シエラが獅子の背から降りて駆け寄った。

「殿！」

リュクティもまた、落ちるような勢いで金目に向かって降下した。

「ちっ！」

金目の細い剣が、闇の王の白い首に向けて風を切った。

がちん、と石の感触が金目の左手に伝わった。

はじかれてよろめいた金目に、リュクティが体当たりして、二人はそのままごろごろともつれ合った。

火が吹き付けられ、鋭い爪で押さえこまれる。血のほとんどを失った金目には、余りある攻撃だった。

パナードは首筋に手をやって、それを冷ややかに見ていた。

大理石のように光っていた首筋が元の皮膚に戻る。その透明な甲羅の変化を解いて、パナードは一言告げた。

「大仰に変化《へんげ》しなくとも、小器用に使ってこその、智と力《ちから》なのだよ、金目」

パナードは高らかに両手をあげた。

「村人よ。お前たちがぐずぐずしているからだ。守護神がお困りだ。さあ聖餅を。一人残らず聖餅を！　それが神のお力になるのだ」

有無を言わさぬ迫力があった。

「騎士さまあ！」

シエラが舞台へ上がった。

彼女の瞳に、身を焦がされ、傷口を押さえつけられて身もだえする金目が映っていた。

その彼女をパナードが抱き止める。

「やめて、やめて、リュクティ！」

シエラはパナードの腕の中でもがいた。

パナードは落ち着いていた。

「これも運命なのだよ。じきに終わる。ほら、皆が聖餅を食べ終えるまでの辛抱だ」

人々は、のろのろと聖餅のかけらを地面から拾っていた。

「もうすぐ、皆が幸せになるんだよ」

パナードは、かすかに震える姉を、ぐっと抱きしめた。

そのシエラの顔が急に上がった。

「何――」

紫の瞳が、獣じみた狂気でぎろりと彼を睨《にら》んだ。

唇の両端がにいっと吊り上がる。

一瞬、パナードの手が緩んだ。

その途端、シエラが、金目にのしかかるリュクティの脚にしがみつく。

はっとしたパナードは裏返った声で叫んだ。

「聖餅を！　さあ早く。長どもは何をしているんだ」

きゃあ、とリュクティがそり返った。

シエラが後ろ脚に――ロウゼルに傷つけられたところに顔を埋めていた。

満身の力でシエラを引き剝がしたパナードは、美しい姉の口からテテと同じ吸入口が伸び、ミミズのようにうねってリュクティの脚を食らっているのを見てしまった。

リュクティがシエラに向き直って、翼で思いきり殴りつけた。

「この！」

「やめろ、リュクティ！」

パナードの声も間に合わない。

リュクティは紅蓮《ぐれん》の炎でシエラを包んだ。

黄色い髪が炎にあおられて逆立った。粗末な服が、豪華な炎の衣装と化す。

肉の焼ける嫌な匂いがした。

「騎士……さ、ま」

炎の中で、シエラは一瞬、金目に微笑んだようだった。

「シ……エラ……」

金目の震える手が伸ばされた。その手の向こうで、シエラの影がゆっくりと倒れた。

助けてやる、守ってやると約束したのに――辛《つら》い心を抑えてようやく立ち上がった優しい娘が目の前でむざむざ殺されるなんて、これが運命とでもいうのだろうか……。

「バカ者」

パナードが怒る。

「殿――だって、この娘！ 私の式なのに。私が女王になるっていうのに。いくら姉君でもあんまりだわ」

「そうではない。見よ。もう遅いわ」

狂った巫女とはいえ、いたいけな娘が焼き殺された。村人の目は醜い神の、乱暴で残酷な仕打ちに息を止めている。

一番前の男の口から聖餅がポロリと落ちた。

「殿。わ、私は……ただ」

「中途半端に聖餅を食べられてしまって、どうなるか思い知るがいい」

冷たく言い放つパナードの言葉が終わらぬうちに、苦悶《くもん》の声が湧き出した。

聖餅を食べた者がのたうちまわる。頭のてっぺんから足先まで走る激痛に泡を吹き白眼を剝《む》いて転げまわった。

リュクティもまた、逆らいがたい衝動に愕然《がくぜん》としている。体が――翼が勝手に開き、脚が地を蹴って行きたくもない像の頭の上へ飛んでいるのだ。

苦しむ百人ばかりの人々が広場のあちこちで動かなくなった。

倒れた友を覗きこんだ男は、次の瞬間に狂死した。

倒れ伏した友の頭がザクロのようにぱっくり開いたのだった。卵色の脳が丸見えになると、やはりあらかじめ行動を決められていた下僕たちが黒い悪魔の様相で、その柔らかな脳をさらった。

死体の神経が脳に連なって、面白いようにずるりと体から抜けた。背骨の中に囲われていた神経は、血に染まった木の根に似ている。

下僕はそのまま、像へと空を駆けていった。

その姿が、あちらにも、こちらにも——。

「お、お……」

ネネメの長が唸ったかと思うと、必死に聖餅を吐き出そうと口に指をつっこんだ。

「私どもは……」

「大丈夫ですよね。み、都へ行ってお役に立つのですよね」

ひきつった笑いを浮かべて近付く長たちに、パナードは、

「お前たちは私と食事をしている」

と言った。立派な長たちは情けないくらい安心した顔をする。

「だから利き目が遅い」

誰かがひゅうと息を呑んだ。

それが人生最後の呼吸になった。

七人の地獄の苦しみを、灰色の目が冷ややかに見下ろした。

人間たちはとことん利用されていたのだった。酸鼻《さんび》極まる広場の様子に失神した者は幸せだったのかどうか——。

下僕たちは人間の中枢《ちゆうすう》をたずさえたまま、洞になった像の目の中へ突入して行った。手土産

のない下僕も、まだ飛べるものはそれに加わっていく。

「なぜ?」

リュクティはパナードを見た。

下半身が像の頭にめりこんでいく。逞《たくま》しかった馬の脚の中に、不幸な人間たちの神経がまつわり、自分と一体になるのを感じていた。

「女王になるってこういうことだったのですか?」

確かに女王には違いない。無生物である巨像に人間と下僕たちの神経が通い、それを統率して動かすというのは、世界最強の化け物になることだった。

下僕たちを操るように像を操作するのだとリュクティは教えられていた。そして自分は綺麗《きれい》な女の姿のままパナードの傍らに並ぶはずだったのだ。女王と呼ばれ、揃いの緋色のマントを着て、にこやかに笑って……。

「殿」

声は像の口から漏れた。差し出されたのは像の前脚だった。

その脚から土砂《どしゃ》の雨が降る。中途半端にしか走らない神経は巨大な土くれを支えきれずにいた。

「憐れな女よ」

これまで、とばかりにパナードは背に翼を生やした。そして軽々と金目を抱えて空へ舞い上がる。

「――殿」

ばらばら崩れる体の上で、上半身だけのリュクティは愛《いと》しい人を呼んだ。彼を追おうと伸ばした手から貝がきらきら光りながら落ちる。

像が民衆のほうへとかしいだ。

「危ない！」

我に返った人々が狂ったように走る。いや、本当に狂っていたのかもしれない。老人や子供が踏まれ、民家の狭い路地めがけて押し寄せた人垣が将棋倒しになる。

ロウゼルがラチータをかき抱いた。

その時――。

轟音《ごうおん》が大気を揺さぶった。

巨像に向けて、海の方角から白い煙が走る。

崩れかけた像が弾かれるように丘のほうへ身をよじった。

「遅いじゃないか！」

ロウゼルが半ば怒った声で叫んだ。

海に白い帆が何本も立っていた。大きな艦はオールをせわしく繰り出して、全速力で岸を目指していた。艦首《かんしゅ》に黒々とした砲が見える。主砲とは呼びがたい、花火のようなものだが、五基もあればなんとか役に立つのだった。

派手な煙が生じて、像はさらに弾を打ちつけられ、傾く。

リュクティはもう無言で、パナードが自分のもとから去って行くのを見つめていた。悲しい、女の瞳だった。

人々の夢の塊《かたまり》は獣よけの柵《さく》を砕き、長々と丘に横たわった。

鈍い地鳴りが長く続いた。

「落ち着いて！　落ち着いて下さい」

屋根の上で、ロウゼルが道化の服を剣で切り裂きながら言った。

だぶついた藤色の衣装の下から、目もくらむ白さの服が現れた。しゃれた上着の胸にはラチータが見た金の縫いとりがある。二本の花綱《はなづな》が絡みながら円を描いている柄は、皆の記憶の奥にしまいこまれていた忠誠心を揺さぶった。

宝石のついた儀式用の剣を大きく振り上げると、巻き毛の青年は威厳に満ちた声で告げた。

「ラークブレ王朝、第四皇子ロウゼルだ！　静かに、走らないで！　もう大丈夫だ。像は王家の艦が倒した。もう終わったんだ」

あの柄……二本の花綱の持つ意味は愛と平和だったかしら？　民と王家だったかしら？

いつか父親に訊ねたことを思い出しながら、ラチータはぼんやりと皇子の凜々《りり》しい横顔を見上げていた。

Ⅶ

祭りのあとの静かな夜が来た。

小舟で岸へ渡った王家の家臣たちの献身的な働きで、ようやく村人たちは落ち着きをとり戻していた。

これもシエラの力だったのだろうか——。予定を遅れた船旅だったのだが、今朝、ふつふつと海面が泡立ったかと思うと、陸と見まごうばかりの魚の群れが艦を囲んで押し上げ、ギーンの浜へ連れて来たのだという。以前は浅瀬で巨船など近寄れなかった浜も、像の建立によって深くえぐられており、だからこそちゃちな砲でも広場まで届いたのだった。

時折、正気を奪われた者の叫び声がする。それを除けばキヌーヌの村人が体験した幾千の夜の中でも最も静謐《せいひつ》な宵だった。

誰も外で過ごそうとする者はいない。蛇尾《ヘビオ》たちが村を遠巻きにしているのだ。自分の村へ帰ろうとした者が発見したのである。化け物は街道を監視し、村から出るものすべてに牙を剝いた。

静けさは放心と落胆のせいだった。パナードは人々を生かしてはおくまい。もう一度、今度は容赦《ようしゃ》のない脅《おど》しで像を作らせて人間をその糧《かて》とするか、口封じのために皆殺しにしてしまうか、そのどちらかでしかないのだ。

乗組員百六十名の艦では民衆を海路で連れ出すこともむつかしかった。何より、パナードが逃げる艦を見逃してくれるはずもない。

グッチンの――いや、村長《むらおさ》の家の書斎でロウゼルは重い吐息をついた。

「なんとかしてくれって言っても……」

落ちかかる巻き毛を掻き上げて、皇子は困った顔を一同に向けた。書斎の上等のカーペットの上に直接腰をおろした三十人ばかりは、まだなんとか気力のある男たちだった。今後のことを話し合うために来ていたのである。

「都から助けを呼べないのですか、皇子さま」

「伝書鳩《でんしょばと》も騒ぎで死んでしまったし、望みはないですねえ」

不安が高まった時、ラチータが道化姿のまま入ってきた。

「ラチータさん、どこへ行ってたんですか?」

疲れきった少女は、力なく返事をする。

「広場へ――」

「どうして! まだ死体がそのままだっていうのに」

「シエラに、覆いをかけてやりたかったの。かわいそうに。人形のように手足をつっぱっていたわ。あの白い肌が煤《すす》みたいだったわ。うつぶせていたのが、まだしもの……」

「もういいですよ」

椅子から立ち上がったロウゼルに肩を抱かれて、ラチータはやっと深い息をした。

「わしらのご先祖さんたちが、も少し妖精伝説に耳を貸しておったらな」

「そうだ。そうすれば森と海の恵みで豊かに暮らしてただろうし――」

ラチータがきっと顔を上げた。

「ちょっと、何よそれ。あんたたち、そんなことまで人のせいにするっていうの？　ご先祖さんが何よ。父さんが死んだ時にグッチンを長にして、リュクティに頼ろうって決めたのはあんたたち自身でしょう」

「だからあれは、グッチンの野郎が」

ラチータは眉をひそめて村人を見た。

「もう、野郎呼ばわりなのね。いいわ。いつまでも人のせいにしてれば？　化けもんに襲われるのはあたしの父さんが不甲斐なかったせい。妖精伝説を忘れたり、巫女《みこ》に辛《つら》くあたったのは、グッチンの目が光ってたせい。そしてこうして座っているしかないのは、皇子さまが都から助けを呼んでくれないせい――なのよね！」

ロウゼルには、ラチータが何を言いたいのかが判るような気がした。

ラチータの心の中に、金目《キンメ》とシエラを見捨てた、あの日のことがわだかまっているのだ。その思いは後悔となってずっとラチータを責め続けている。今、目の前に座っている村人たちは、その時の自分と同じなのだ。

「我々に何ができたと言うんだ」

自警隊員だった男が苦々しく言った。

「像の作業だ、村を守れだのって言われて……みんなグッチンにだまされてたんじゃないか」

「そうね」

ラチータはあっさりそう言って、続けた。

「で、そのグッチンがいない今、あんたはどうしようと思ってるわけ？　新しい寄りどころである皇子さまに、なんとかしてもらおうと思ってそこにじっと座ってるんでしょ？」

みな、黙りこんでしまった。

「自分で決めて行動するって、辛いことよね。誰にも責任をなすりつけられないからさ……ロウゼルさん、いえ皇子さま！」

「はい？」

皇子が、ラチータの決意を受けとめられるよう、できるだけ優しく返事をした。

「小舟を貸して下さい」

「どうするんですか？」

「あの男の館とやらへ行きます。どうせ明日がないんなら、せめて最後は自分で責任を持って死にたいの」

ロウゼルは嬉しそうに笑いかけた。

「僕も、そう思ってたんですよ。どうせなら、大きいので行きましょう」

月光に照らされ、広場には死体が散乱していた。人だったものや下僕《しもべ》だったもの、虫や鳥や獣。土くれに埋まったリュクティ。

そして、ラチータのストールをかけられたシエラ。

凪もないのにそのストールが揺れ、はらりと落ちた。

黒焦げの娘の背から白い蒸気があがっていた。湯気は背中を走る亀裂《きれつ》から噴いている。

中から真っ黒な鉤爪が持ち上がって、裂け目の縁に掛かった。

背を割って三角に持ち上がったのはリュクティの翼だ。粘液をひきながら広がったコウモリの翼は、秋深い冷気に晒《さら》されて一面に皺《しわ》を寄せた。

丸い背が現れると、湯気はしゅうしゅう音をたてるほど勢いよく昇る。黄色みがかったたてがみが、首の鱗《うろこ》にぺったりと貼りついていた。

犬に似た顔が慎重に上がり、瞳が開かれた。

瞬膜がまくれると、その色がはっきりする。パナードと金目が愛した紫だ。しかし瞳孔《どうこう》は怪しく縦に裂けていた。

焼死体から脱皮した生き物は、ねとつく液を垂らしながら空へ舞い上がった。

残された皮が、さらさらと黒い粉になって風に散っていった。

ツヨイヤツハ、ドコ？

一番近い者は村の北側、ドートンへの街道に寝そべっていた。

コブオオカミは怪訝《けげん》そうに顔を上げる。リュクティにしては小さい。敵か味方か判らない何かが月を背負って笑うように口を開き、やって来るのだった。

コブオオカミは不審感をこめて遠吠えをした。蛇尾と大駆ケ鳥《オオガ》がさほど遠くないところにいるはずだったし、熊モグラは地下道に潜《ひそ》んでいる。

獣は固いコブの山をふくらませた。迫る影に向けて、試しに二、三個飛ばしてみる。

コブオオカミを、熱風が襲った。炎に包まれ、肉をかじられてから、それは敵だと判った。

リュクティの姿をしたその生き物は、口から吸入口を出してコブオオカミを取りこんだ。

みるみる鱗を持ち上げて、コブの山が模倣《もほう》されていく。それは肉を喰らうことで栄養分も補っていた。ひとまわり体が大きく成長する。

そしてさらに戦うべき相手が近寄って来る気配を感じて、血まみれの口をなめて笑った。

パナードは館に着いてからずっと、月を眺めていた。

長い一日は、完全を愛する彼の心に長く汚点《おてん》となって残るだろう。

「なぜ俺を生かしておくんだ」

金目は顔だけをかろうじて上げた。

隻腕《せきわん》の騎士の甲冑《かっちゅう》は血まみれで輝きを失っている。ただでさえ不自由な体は狩りの戦果のように、絨氈の蔦《つた》に絡められて転がされていた。

パナードはバルコニーの大きなガラス戸の前でくるりと振り向く。

「一人で都へ行くのはさみしいからな」

「まだそんなことを言っているのか」

パナードは憐れむような顔で、

「正直になるんだ、金目」

と言った。

「シエラが昔、私に言っていたよ。どうして戦いを好むのか、とね。男だから——それが答えだ。よりよいものを手に入れるために私は全力を尽くすんだよ」

「全力で死体の山を築くんだな」

金目は言い捨てた。

「今だけのことだ。かつて私たちは人に裏切られた。私は思ったね。力だ。強大なあらがいがたい力さえあれば、と。世界最強の支配者が決まってしまえば平和が訪れるのではないかね？

それこそあいつの望んでいた楽園なのだ——死の国で喜んでくれると思うよ」

「協力などしないぞ」

パナードは眉を上げ、別の言葉を発した。

「すごいな、お前。もう肩の傷がふさがっている。美しく、強く、そして生命力に溢れているのだね。私はそれが欲しい」

「何だと？」

パナードの灰色の目が羨望と悲しみの色をたたえた。

「私の体はもう疲れ果てている。星の数ほどの生命のかけらを体内に持っているというのは、たいへんなことなのだよ。それらすべてを生き長らえさせておかなければならないからね。君たちに化け物としての体を与えるたびに私は疲れていく。生き物の寿命が決まっているように、その細胞の分裂回数には限りがあって——むずかしかったか」

彼は一人で笑った。

「俺にいろんな新鮮なものを取りこませておいて、いいところで棲《す》み替えようと思っているんだな」

「頭もいい……。リュクティが無事に巨大な姿を手に入れていれば良いコンビになったろうにな。威圧《いあつ》する巨神と美しく賢い参謀を思い描いていたからこそ、お前を造る時に人間性を残しておいたのに——すまないと思っているよ。完全に記憶操作ができていたら、そうして悩むこともなかっただろう。ま、それも今だけだ」

「どうする気だ？」

「〝できそこない〟のうち一匹はやり直しがきいた。その負けん気があればお前だって」

「断る」

金目はきっぱり言った。

パナードは薄笑いをして、蔦を締め上げてくる。

「ほら、自分の身が危険だよ。戦わなくては体が砕けるよ。正直におなり、金目。闘争本能に身をまかせてしまえ。あとは私が幸福にしてあげるから」

殺す気はないのだろうと思ってはいた。しかし苦痛で目がくらむ。

「たとえ死を選ぶとしても、第二第三のテテが現れるだけだよ。なかなか良い素材には巡り会えないから、きっとたくさんの〝できそこない〟が――」

パナードの言葉が、ガラスの砕け散る音とともになだれこんだ風のせいで途切れてしまった。

「つっ」

パナードは首筋を押さえて顔を歪《ゆが》めた。危険を察すると石のごとく固い皮膚に変化して身を守ってきた無傷の王なのに、指の間から血が流れていた。金目に気を取られて背後を忘れていたのだ。

人の丈の三倍ほどもある大きなガラス戸を割って侵入したものに、パナードは目を瞠った。

風圧でガラスを砕いた黒い翼が、制動をかけるように小刻みに動いている。ようやく固く変えた肌を桟《さん》に残っていた破片が横なぐりの雨となって打ち、灰色の髪が乱れる。それでも彼は目をそらせなかった。雄々しく降臨した見知らぬ獣に目を奪われていたのだった。

それはリュクティに似ていた。

だが床を踏む蹄《ひづめ》の後ろには毒液をしたたらせた大駆ケ鳥の鋭い蹴爪《けづめ》があり、尾は蛇尾のそれのように気ままにのたくっていた。鱗の中に埋まっているのは確かにコブオオカミの飛び道具。

そして、目は――。

「シエラか？」

化け物をこれほどまでに取りこめるのは彼女しかいない。

「シエラ――？」

金目もまた、その化け物の瞳の色を見た。

「ミツケタ、ツヨイモノ」

白い牙がこぼれた。

獣の口が火を吐く。火勢はリュクティの比ではなかった。炎の中にいくつものコブが混じり、火のつぶてとなって部屋の壁を打った。

炎は壁から床へと広まり、絨緞《じゅたん》に燃え移った。金目を巻きこんでいた蔦が甲高い悲鳴をあげて縮れていく。呪縛の解けた金目は、目を覆いながら、やっとの思いで火の海と化した絨緞から逃れた。

煙で前が見えない。金目は肩を掴まれた。振り払おうと下から突き上げた左手の剣が、鱗に弾かれて他愛なく折れる。

海からの風が束の間視界を与えてくれた。

間近に迫った紫の瞳は獲物を掌中《しょうちゅう》にした喜びに光っていた。

この化け物がシエラなのだ。

テテの血をすすった美しい少女は、その力でこんな姿になってしまった。

そしてパナードの〈強いものを目指す〉力に犯されて、狂気のうちに戦っているのだ。

パナードは、バルコニーのほうへ後ずさりしながら、面白そうに金目とシエラの戦いを眺めていた。

「──約束したね」

騎士は右膝で思いきり獣の腹部を蹴り上げた。膝に生やした短い剣が折れる。

鱗の腹には傷も付かないが、それで良かった。獣は、金目の思った通りに、パナードのほうへよろめいた。

パナードが涼しい顔でひらりと身をかわした。

金目に向けられた獣の口が脂《あぶら》臭くなる。

金目はこれを待っていたのだった。

一本腕の騎士が獣の首をひねった。

「うわ！」

金目に向けられたはずの火炎を浴びた最強の男に、その時一瞬の隙《すき》が生じた。

金目が跳びかかる。彼はパナードの頭を胸に抱えこむようにして体当たりした。

どうと倒れたパナードの灰色の瞳が恐怖に見開かれた。

「こんな、ばかな……」

パナードは、首筋に深々と刺さり、自分の肉を取りこんでいく金目の吸入口を感じていた。

金目の腹から伸びた太い管は、窓ガラスで傷付けられた首筋に入りこんでいる。他はすべて大理石のような保護膜で固めてあったのに――。

「これもお前の好きな運命なのか」

パナードの言葉を、化け物となった狂気のシエラは理解できなかった。

彼女の目には、手ごたえのある相手が二人映っているというだけなのだ。

大駆ケ鳥の蹴爪が弧を描いた。

蹴り飛ばされたのは金目だった。

そのまま火の海から起き上がれない金目よりも、シエラはパナードに興味を持った。

胸の鱗を割ってコブオオカミのつぶてが飛んだ。

「姉さん――綺麗《きれい》だったのに」

紙一重のところで舞うように攻撃をかわしながら、パナードが呟いた。

「でもこれでようやく私と意見が合うようになった」

火のまわった部屋の中で、二つの影はたわむれているようにも思える。

「だめだ。シエラは俺が殺す」

ふらりと立った騎士の目が決意に燃えていた。

「そう約束……したんだ」

煙の中を青い流星が飛んだ。

金目は火の壁を一度蹴ってシエラの背後にまわった。

獣の腰を両足で締め、左手でたてがみを強く引く。

そりかえった獣が倒れた。

背を押さえこむ金目の甲冑を、黒い翼がばたりばたりと打ちつける。

金目は荒い息をしていた。パナードがそれに気付いてふっと笑う。

「苦しいだろうね、金目。私の肉体の中のすべての生き物の記憶をお前は受けとめられるのだろうか？　〝できそこない〟にならずに？」

「うるさい！」

一喝する金の瞳が苦悶《くもん》で細まっていた。

パナードの言う通りなのだ。

闇の王の力は偉大だった。全世界のありとあらゆる生き物の、体のしくみ、記憶、そしてより強いものを目指そうとする〝小さい生き物〟の戦いを好む意志が、金目の中でひしめいていた。

すさまじい力が、腹から全身へとうねっていた。なだれこむ生き物たちの知識に、兜《かぶと》の中は混乱している。気を抜けばまたたく間に狂気の大波が押し寄せて来そうだった。

けれど、約束がある。

「ごめん、シエラ」

金目は、獣の背骨が折れんばかりに、さらにたてがみを強く引いた。

リュクティと同じ犬の顔が、のけぞって彼を見た。

「——シエラ?」

金目の手が力を失った。

訴えかけるような紫色の瞳。

「シエラ」

騎士はもう一度名を呼んだ。

「騎……士さま……」

シエラは、獣と化した自分の中に甘いものが満たされていくのを感じていた。

太古の昔には村人が感謝をこめて呼び、ラチータや金目が愛をこめて呼んだその名前――。

「シエラ」

「はい」

シエラは澄んだ声で返事をした。

彼女はシエラ。自然界を守るべく甦《よみがえ》った妖精の女王、シエラなのだ。その名が彼女を狂気から救ったのだ。

化け物の体から、熱く重いものがしたたり落ちた。彼女が取りこんだ、自然の中にあってはいけないもの――怪物たちの姿が、肉片や汁となって崩れていく。鱗が、コブが、蹴爪が、彼女の足元に落ち、火に炙《あぶ》られて煙をあげる。

「脱げるというのか？　私の力を、化け物どもの姿を拒否して、捨てられるというのか？」

怪物の最後の肉片がシエラの細い足首から滑り落ちた。

「あなたが造ったこんな異形の化け物たちを、自然はけっして許さない。だから私の体の中から追い出したのよ」

バルコニーに後ずさりする弟を、シエラは悲しげに見返した。

汚物を脱ぎ捨てた彼女の裸身は清水でぬぐったように白かった。ゆるく波打つ銀の髪が腰の下まで垂れ、きらきらと炎の赤を映していた。

銀の髪に紫の瞳――彼女は今、伝説の姿を取り戻したのだった。

シエラはひそやかな足取りでパナードに近付いていった。

その後ろ姿を見ながら、金目はがくりと膝をついた。炎が甲冑をなめる。しかし、彼の心はその火よりも熱かった。

闇の王が集めた生物の知識と形態——莫大《ばくだい》な力が金目を苦しめている。

けれど、彼の目にはシエラが見えた。美しくなっていく彼女を幾度となく目撃した金目だったが、今のシエラは人間離れした容姿と気品を備えていた。膝のうしろの窪みさえ美しいのだった。

「パナード。間違っているわ」

毅然《きぜん》として姉は弟に言った。

「昔、あなたが強さを求めた時、私は何もできなかった。あなたは私と方向が違うとはいえ、新しい平和を——前向きの意志を持っていたから。でも違った」

「何が違う？　最初に陸へ上がった生物は、最初に二本足で歩いた猿は——」

「化け物と呼ばれた、と言うんでしょう？　違うわ。彼らだって一匹だけでは生きていけない。必ず従い、ともに進歩するものがいたはずよ。でもあなたは一人で王になろうとしている。犠牲が多すぎる。その悲しみが私をここまでにしたの」

シエラの髪を、火の巻き起こす風が乱した。シエラはパナードをバルコニーに追いつめていった。

「あなたが、あってはならない生き物や大きな像を建てるために狂わせた、自然のことを考えて！」

パナードは瘧《おこり》のように身を震わせた。笑っているのかもしれない。

「自然か。運命論を持ち出すところも元のままだね。村人たちのひどい仕打ちも覚えているかい？　つい最近も同じ目に遭っただろう？」

「それでもいいのよ」赤い炎を頬に受けて、シエラはにっこりした。「良いことも悪いことも度を過ぎると反発が起こるもの。ゆっくりと前後にゆらぎを繰り返しながら進歩していくのが本当の姿なのよ」

ようやくバルコニーにまで這《は》ってきた金目は全身を耳にしていた。もはや声も出ない。苦痛が意識を奪いかけていた。

彼はシエラの姿と言葉にしがみついていた。化け物から真の姿へと変身を遂げ、弟に立ち向かう彼女の強さが心の支えだった。自分も頑張れないはずはない。ほら、まだ正気だ。まだ守ってやるべき人の姿が、声が、判る。

「もうこれまでだな」

パナードの輪郭がゆらいだ。

それを彼本来の姿と呼ぶにはあまりにも心痛む。彼、だったもの、は巨大なアメーバ状に姿を変えていた。

ありとあらゆる色彩が、水のように膜の中で泳いでいた。あまりの色に全体は彼の瞳と同じ灰色に見える。膜の中で橙色がきゅっと縮んで手の形をとり、融けた。灰緑色が、束の間、亀の甲羅の姿をして崩れた。

すべての生物の形態を複合するというのはこういうことなのだ。パナードが美しいものに固執していた理由は、彼自身の醜さにあったのだった。

弟のあまりの姿にシエラはわななないた。けれども告げなければならない。自然を守るべき妖精の女王シエラとして、言わなければいけない。

「パナード――あなたはもう自然の一部にはなれないわ」

パナードの内部に黒い渦が生じた。

金目がシエラを横抱きにする。

パナードの繰り出した太い角が青い甲冑の背に深々と入った。

かばわれたシエラがはっと顔を上げる。

しかし、金目は落ち着いていた。

「なるほど。ようやく俺にも変化がやってきた」

角は、金目の背に開いた牙の並んだ口に挟み止められていた。

もう、金目は理解しきっていた。生き物の、自然の、世界のすべてを――。

パナードが知っていたこと、彼の体の中に蓄えられていた全生物の姿。それを金目は受け入れることができたのだった。

頭は奇妙に冴えていた。そして今なら自分が、パナードがいつもそうしていたように普通の人間の姿を装えるのも知っていた。

だが、まだしなければならないことがある。

パナードを倒すまでは――。

「行け！」

金目がバルコニーの欄干《らんかん》からシエラを押し出した。

「陽だまりへ」

死を覚悟した騎士の瞳は、優しくシエラを見つめる。

金目は欄干を越える彼女の唇がかすかに動くのを捉えた。

シエラの白い裸身が、薄紫色の夜明けの海へと落ちていく。

「逃げるか」

パナードの体から生み出された鞭《むち》が、ねばねばした液を散らしながらシエラを追って伸びた。

角をくわえこんでいた金目の背の口から、酸が吐きつけられた。

焼けつく痛みにパナードが触手を引く。

「逃がしたつもりだったが、シエラは逃げる気がないらしい」

「何だと？　あいつに何ができる。また争いに背を向けただけだ！」

金目はパナードに向き直った。

「シエラは言ったんだ。待っていて、と」

そう言った金目の甲冑の縞《しま》がねじれた。背が丸まり、脚が体にめりこんでいく。

「これでやっと対等だな」

ぶよぶよした膜を震わせて金目が笑った。

「お前にそれほどの器があったとはな」

自分と同じアメーバのような複合生物に変化した金目に、パナードはそう呟いた。

炎の舌がバルコニーにまで伸びていた。

パナードと同じ醜い体になっても金目は満足だった。彼の心の中にはシエラがいた。彼女がいる限り、正気を保ったままパナードと戦える。

「待ってて」

シエラは確かにそう言った。

いつかロウゼルが言ったことを、金目は今ようやく理解できた。

人を焚《た》きつけるのは憎しみだけじゃありません――。

息を詰めるように静かだった海が奇怪なうねりをはじめた。何かの前ぶれのように、波は大きく持ち上がり、身をよじっている。

いつでも撃てるように準備された砲も、甲板の船員も、ずぶぬれになる。四本のマストが大きく揺れていた。

「ロウゼル様。もうだめです。これ以上の航行は不可能です」

「仕方ない。風は穏やかなのに、なんてことだ」

「まさか海にも化け物どもが」

色を失う船員に、皇子は手近の岸へ艦を退避させるように命じた。

「もう少し行けばニキの港があるわ」

吐き気をこらえながらラチータが教えた。

「あそこからなら歩いても大丈夫な距離よ」

ロウゼルがうなずく。

二人は同じ不思議な気持ちを抱えていた。どうしてもパナードの館へ行かなくてはならない。行って何が待っているのか判らないのに、胸が騒いでいた。

「——あれをご覧下さい」

マストの上から見張りが指さした。

「煙?」

明けそめる群青色の空に、崖の中腹からもうもうと煙が上っていた。

ニキのさびれた港に立派な艦が接岸されるやいなや、ラチータとロウゼルは海沿いのザックンへの街道を走った。

「ラチータさん！」

前を走るロウゼルが、娘の注意を白い浜辺にうながした。

「あ」

絶句する光景がそこにあった。

帯状の浜一面に、浅瀬を棲み家とするものが顔を出していた。様々な種類の蟹《かに》、巻き貝、二枚貝がひしめいているのだ。

「ラチータ！」

振り向くと、馬車の荷台からアーダが身を乗り出して手を振っていた。

「あんたたち、どうして——」

「化けもんが殺されたんだ。ゼンメツだよ。街道はどこもキレイなもんさ」

三台の馬車にはキヌーヌの村人たちが乗っていた。安全を考えてほとんどが男なのは判るが、子供が十人以上いるのはどうしてなのだろう。

「なんか胸ん中がざわざわするんだ。絶対にこっちへ来なきゃいけないって気がして……。みんなそうなんだよ」

疲れた人々の顔は恐怖とは異なる緊張を孕《はら》んでいた。

「——何か起きるんだね」

海と崖に向けてラチータが呟いた。

その海の色が変化した。

黒い魚影が広がり、崖の下へと集結する。

「ねえ、あそこ」

シロアの幼い子が、少し離れたところに身を寄せ合った鹿の群れを見つけてはしゃいだ。鹿だけではなく、開眼《かいげん》式の時にやって来た森の動物たちが、一斉に丸い目を見開いてじっとしている。

鳥もだった。魚影を追うように星の数よりもたくさんの鳥が雲になっている。

彼らも、自分たち人間も、招かれたのだ、とラチータはふいに思った。

予兆で息が詰まりそうだった。

と。

海面の影が丸く大きく迫り上がったかと思うと、泡立つ水を割って神が姿を現した。

水煙でしばらくは何も見えない。滝のように水を落としながら巨神はゆっくりと身を起こした。

のっぺりした丸い頭、広い肩、短すぎる太い腕。胸の下はそのまま円錘状の裾野を海に埋めていた。まるで子供の作った人形のような神は、それ自体が魚の大群であった。

遠く離れていて定かではないが、時折巨神の表面からピンピンと魚が跳ねて海へ落ちるのが見届けられる。

魚たちは絡み合い、鱗を合わせ、尾をくわえて一体となっていた。海水をしたたらせる表面が、きらきら光っている。半球形の顔には、尾を咬《か》みあった二匹のイルカが二対、目を作っていた。大型魚が縦に並んで形作られた鼻柱の下には、群れて環になるイソギンチャクの赤い唇がゆっくり開閉している。

その巨神の肩に、君臨する人影があった。

やっと森の上に顔を出した太陽が、黄金色の光で彼女を包む。

銀の髪がぺったりと体に貼りつき、全体が金色《こんじき》に輝いて見えた。

魚でできた神の上でシエラはすっくと立つ。

たおやかに、しかしきっぱりと、白い腕が上がった。

突き出した指の先は崩れかけたバルコニーを示していた。


金目は焼けた石造りのバルコニーの上でしだいに追い詰められていた。

飛びかかってきた毒牙には固い皮膚を盾としたが、ちかっと何かが光ったかと思うと、たちまち鎌状の刃が突き出してくる。パナードは、球体の体を激しく波打たせながら、角や分泌物や触手を飛ばし、体を優位なところへ運ぼうと翼や脚を次々と生やし、重なりあったぶ厚い皮や頑丈な鱗を張りめぐらせた。

パナードが生物界から学んだ多種多様な攻め方をするのに対して、金目はどうしても後手《ごて》にまわらざるを得ない。急に千本の手を与えられて、それぞれを思うままに動かしてみろと言われるのに等しい感覚なのだ。

パナードの体表に〈牙の荒れ地〉のような山ができた。そこから銀の雨となって飛んでくる細い針をかろうじてよけた金目の足元が、がらりと崩れた。

火がバルコニーの石を焼き切ったのだ。

吸盤をつけた長い肉棒を何本も伸ばして金目はなんとかバルコニーの縁にぶら下がった。

パナードが金目を見下ろした。

「そこまでだな」

彼は、金目が生やしかけた翼を火のつぶてで焼き切った。火責めを行うパナードに、金目はリュクティの鱗で抵抗を続けたが、このまま炎を浴びていれば体の水分はたぎってしまう。かといって別の武器を出すにも鱗があってはままならない。

火の音の向こうに水の轟音《ごうおん》を聞いたのはその時だった。

熱さが嘘のように消え、冷たい海水が浴びせかけられた。

パナードが、空中で魚の塊《かたまり》に呑みこまれるのを、金目は幻覚かとさえ思った。

海の巨神は腕の下に壮大な瀑布《ばくふ》を作りながら、パナードを鷲掴みにしていた。

パナードはのたうって魚から逃れようとあがいた。彼の放った炎は神の手から蒸気を上げ、魚をいくらか払い落としたが、海の生き物たちは肩のほうからとめどなく押し寄せてくる。鱗を生んで身を守っても、小さなオキアミや針ほどもない小魚が頭をつっこんでくるし、固い皮膚で鎧《よろ》うと牙を持つサメが顎を開き、サンゴを食べるヒトデが貼りつくのだった。

巨神の肩の上の娘は、その神の両手の中へさらに魚たちがなだれこんで、大きな球体になっていく様子を静かに見守っていた。球の中心をめざす尾鰭《おひれ》が飛沫《しぶき》を散らし、飛沫は朝日を浴びて真珠をばらまいたように見える。鳥が鳴きたてながら巨神の上で渦を巻いた。

紫の瞳が閉じた時、巨神の魚の掌《てのひら》がぎゅっと縮まった。

握りつぶされた弟の最期の叫びが小さな耳に届くと、目蓋《まぶた》が悲しげに震えた。

数えきれないほどの魚に食らいつかれたパナードの声は、長く長く尾を曳《ひ》いてシエラの心をかき乱した。

やがてその叫びも、巨神から流れ落ちる水音にかき消される。

シエラの瞳が静かに開いた。

その足元で、肩を作っていた魚たちが崩れてぴちぴち跳ねはじめた。

魚の球体もその結合を解き、滝のように落ちていく。魚たちはパナードのかけらを収めた銀の腹をきらめかせながら、次々と海面へと帰っていくのだ。

鳥の群れも、四方へ散っていった。

絶え間ない水音を響かせて、巨神はゆっくりと崩れていく。

海の輝きを乱して、魚たちは波間へと身を沈めていった。

そして肩の上の少女もまた銀の髪を流れ星のように曳いて落ちていくのだった。

その時、その星へ向かって飛ぶ、一つの影があった。

崖から身を躍らせた不定形の生き物は、落ちながら人の姿に変わった。若く逞《たくま》しい裸身の男だった。

「シエラ!」

人間の姿になった金目が叫ぶ。

もはや、金目、とは呼べないだろう。黒く美しい瞳を持つ青年は、シエラに向かって両手を伸ばした。

伸ばして、伸ばして——。細い手首に指先が触れた。

ぐっと抱き寄せると、シエラは、

「騎士さま」

と微笑んだ。

生身の胸に、彼女の体の柔らかさが感じられた。

きらめく海面がせまっている。

生き物たちの故郷である海が。

魚が水面に落ちる音は、二人を迎える拍手のようにも思えた。

紫の瞳を手に入れて、彼は幸せだった。

波が寄せる。白い波頭《はとう》に砂が呑まれた。波がすっと引く。そしてまた寄せ……。

海は繰り返し繰り返し、砂を洗っていた。

ラチータはもう長いこと息をするのを忘れていた。はや陽が真上に近い。いつの間にかロウゼルに肩を抱かれ、胸の前で手を組んでいた。

「シエラさんは――」彼の声は掠《かす》れていて、一つ咳ばらいをした。「これが見せたかったんですね」

「――終わったのね」

ラチータの言葉にロウゼルは水色の空の下で爽やかに笑った。

「違いますよ。始まったんです」

二人はまた、海を見つめる。

海はとても美しかった。

「そうね、始まったのね、新しい世界が」

ラチータは、肩に置かれたロウゼルの手をとって、歌うように言った。

「シエラは森へ帰ってくるわ。そして、風に乗せて、森や海のことを教えてくれるの。私たちが耳を澄ませば、きっと聞こえる。また木の実がたわわになるわ。畑は黄金色の実りを生むわ

――あの子の髪みたいな色の」

ロウゼルは、ラチータの赤い髪にキスをした。

「そうして、学問と武術に明け暮れていた都の第四皇子が、この地方の良い領主になるんですよ」

娘の鳶《とび》色の瞳が見開かれるのを、皇子は優しく見つめていた。

海から森へ――風が穏やかに吹き、森の木々がさわさわ鳴った。

ラチータの赤毛を風がなぶっていく。

ちりん、と鈴が鳴ったような気がして、ラチータも村人も風のありかを探すように顔を上げた。

「ラチータ、今の聞こえた?」

アーダが言う。

「うん」

少年は顔を輝かせた。

「ありがとうって言った気がしたよ」

「あたしもよ」

「きっとシエラだね」

ラチータはこくんと首を振った。

「急いで大きくなった甲斐《かい》があったんだ……。そうしてみんなのこと助けてくれて。シエラは巫女さんじゃなくって、本物の妖精の女王さまだったんだね」

二人は瞳を輝かせている少年に何も答えなかった。

ただ海に目を戻し、いつまでも飽かず眺めていた。

解説

山田正紀

最近、ある女性作家が「日本SFは高度経済成長期の男の小説だった」という主旨の発言をされるのを聞いて、ああ、そうなのか、と納得させられたことがあります。

昔話――三十年ほど前のSF業界――からこの稿をはじめたいと思います。それが『ゆらぎの森のシエラ』とどんな関係があるのか、と思われるかもしれませんが、ちょっとだけ寄り道を許していただければと思います。

なまじ、そのなかに身をおいているために、かえって実体が見えにくいということがあるようです。そのころのSF業界――というほどの業界ではなかったのですが――に身を置いていた若い作家、翻訳家、SF研究家たちは、SFの読者に圧倒的に男性が多い理由を、ごく単純に「女性にはSFがわからない」ということで片づけていました。発想を逆転して「女性が共感できるSFが書かれていない」ということにまでは思いがいたらなかったようです。

それはアメリカでも事情は変わらなかったようで、ジェイムズ・ティプトリー・ジュニアがまだ覆面作家だったころに、「ジェイムズ・ティプトリー・ジュニアが女性だという説があるが、そんなことはありえない。あれらの作品を女性が書けるはずがない」という論陣を堂々と張った男性作家がいたほどでした。

つまり日米両国においてSFは圧倒的に男性のものだったのです。もちろん当時にしても女性作家はいたのですが、彼女たちは「女性ならではの感受性豊かな」作品を書いていると評されることが多かったように記憶しています。要するに紋切り型の評価しかなされていなかった。巧妙にゲットーから徐外《じょがい》されていた。SFというジャンルが特権的に持っている荒々しいダイナミズム、その豊かな奇想から、あらかじめ疎外されていると見なされていたといっていいでしょう。

もちろん当時すでに栗本薫さん、鈴木いづみさん、山尾悠子さん、新井素子さん……そうそうたる女性陣がそろっていたのですが、彼女たちがSF業界において居心地がいいようには見えませんでした。たしかにその意味では、黎明期《れいめい》の日本SFは「高度経済成長期の男の小説」といった意味あいが強いように感じます。

SF業界には女性作家たちを微妙に差別する目に見えない壁のようなものがあったのでしょうか。彼女たちを疎外しようとする陰湿な空気のようなものがあったのでしょうか。そうかもしれません。そうでないかもしれませんし、私には何とも言えない。

ただ、ここで言えることは、そうしたSF界の空気は、久美沙織さん、大原まり子さん、そして菅浩江さんの登場によって大きく変わった、ということなのです。

『ゆらぎの森のシエラ』は一九八九年に発表されました。菅浩江さん最初の長編小説ということになります。最初の版を見ていないので、当時、どのような惹句《じゃっく》が使われていたのかはわかりません。

結局は「SFファンタジー」というところに落ち着いてしまったようですが、当初、この創元SF文庫版では、「バイオSFファンタジー」という惹句が使われるのが検討されたようです。たぶん編集者氏が創案した惹句なのでしょうが、バイオという科学的なターム、それにSFとファンタジーという——どちらかというと——二つの相反する言葉をつなげたところに苦労のあとがしのばれますし、含意の深さも感じられます。

バイオSFであってなおかつファンタジーなのか。それともバイオをテーマにしたSFファンタジーなのか……前者であればバイオSFをファンタジーの意匠で装った異色作ということになり、後者であればバイオをテーマにして「SFファンタジー」というジャンル横断の意欲作が書かれたということになるでしょう。

どちらにしても『ゆらぎの森のシエラ』が一筋縄でいかない作品であることには変わりありません。いずれにしてもそれはバイオ工学をテーマにした作品であって、そこには様々な遺伝子複合生物——いわゆるキメラが登場します。そのキメラの多様さ、想像力の豊かさが、この作品の一つのキモになっているといっていいでしょう。

それをいうなら、この『ゆらぎの森のシエラ』そのものが、ある意味ではキメラと呼ぶべき作品なのかもしれません。SFとファンタジーのキメラであり、女性原理と男性原理のキメラでもあるわけなのでしょう。

これは偶然のことでしょうし、やや、こじつけがすぎるように思われるかもしれませんが、その気になれば『ゆらぎの森のシエラ』が発表されたのが一九八九年だったということにも意味を見出すことができるのかもしれません。

このころ、まるで昭和という時代が終わるのを――ついでに言えばソ連共産主義が崩壊するのを――象徴するかのように、「高度経済成長期の男の小説でしかなかった日本SF」が転換期を迎え、菅浩江、大原まり子たち女性陣がシーンの中央でスポットライトを浴びることになったのでした。

ところで、『ゆらぎの森のシエラ』が一見ヒロイック・ファンタジーの装いをまとっていることには重要な意味があるかもしれません。栗本薫さんの〈グイン・サーガ〉の刊行が始まったのが一九七九年、山岸涼子さんの『日出処《ひいづるところ》の天子』の連載が開始されたのが一九八〇年、タニス・リーの翻訳が出たのが八二年――八〇年代、まさに女性たちは「高度経済成長期の男たち」からファンタジーを奪い返すのに成功しつつあったのでした。

ヒロイック・ファンタジーという言葉からもわかるように、それまでこうした――君主制ファンタジーと呼びかえましょうか。それとも叙事詩？　剣と魔法の物語？――ファンタジーはそうと明瞭に意識されることなく男のものとしてカテゴライズされることが多かったようです。ファンタジーがSFの傍流として読まれるのではなしに、ファンタジーがファンタジーとして読まれるという——いまから考えればしごくまっとうな——読まれ方をされるためには、八〇年代、大量の女性読者の登場を待たなければならなかったのでした。

さて、ちょっと寄り道がすぎたように思われるかもしれませんが——じつはそうでもないのですが——、ここで『ゆらぎの森のシエラ』に戻ることにしましょう。

さきに『ゆらぎの森のシエラ』にはキメラ的な要素が多いと言いましたが、じつはこの作品の構造そのものにもやはりキメラと呼ぶべきところがあるのです。そして、私が思うに、『ゆらぎの森のシエラ』が真にSF的に重要な作品でありうるのは、まさにその点にかかっているといってもいい。

これはお読みになった方はどなたもが賛同してくださると思うのですが、『ゆらぎの森のシエラ』は一見ファンタジーの装いをまといながら、そのじつ、かなり本格SFの要素が濃い作品です。

ですが、それだから私は『ゆらぎの森のシエラ』をキメラと呼ぶのではないのです。そうではない。ただ、それだけのことでしたら、当時にしても似たような趣向の作品は決して少なくありませんでした。手前みそのようになって恐縮なのですが、拙作『宝石泥棒』にしたところで、一見ファンタジーのようだったのが、ラストにいたってSFに変貌するという趣向の作品でした。

たしかに『ゆらぎの森のシエラ』はファンタジーのように見せながらSFでありました。しかし、菅浩江さんはそこにとどまろうとはしませんでした。さらにSFのようでありながら、やはりファンタジーであり、ファンタジーのようでありながらやはりSFである——と作品を無限に循環させることに成功したのです。いや、循環させると言ってしまうと、多少、誤解を招くかもしれません。

『ゆらぎの森のシエラ』はキメラではありますが合金《アマルガム》ではない。文字どおりの「ゆらぎ」なのです。ファンタジーからSFに、SFからファンタジーに揺らぎつづけて決してとまろうとはしない。

それまでの日本SFが「高度経済成長期の男の小説」という点にとどまって硬直していたとは言いません。しかし何と言えばいいのか、一種の金属疲労におちいっていたのは、まぎれもない事実であって、多分、それ以上、その一点にとどまりつづけるのは不可能だったことでしょう。

早晩、日本SFは変わらなければならなかった。変わるためにはどうすればいいか。下手にハード・ランディングすれば日本SFの枠組みそのものが破壊されかねない。それは熱心なSFファンでもあった菅浩江さん自身にも耐えられないことであったにちがいない。それを解決する手段がすなわち「ゆらぎ」であったわけなのでしょう。

——揺れろ、SF、揺れて、揺れつづけて変わっていけ……

たしかに『ゆらぎの森のシエラ』はバイオ・サイエンスをテーマにしてはいますが、ここで描かれているのはエコロジー論でもあり、抽象的な「進化」——むしろ「進化論」そのものといったほうがいいかもしれない——を扱ってもいるのです。

菅浩江の世界にあってはテーマそのものまでもがやさしく迷うように揺れている。何物も断定されないし、何物も決定づけられない。それこそが菅SFの新しさであり、それまでの「高度経済成長期の男の小説」とは決定的にちがうところだったのではないでしょうか。

そうして絶えず揺れつづけるからこそ、たとえば〝小さな生き物〟＝遺伝子＝盲目的な「進化推進システム」という卓見にも到達することができるわけなのでしょう。

これがリチャード・ドーキンスの「利己的な遺伝子」論が日本でもてはやされる遥か以前のことであったのを思えば、いかに菅浩江さんの『ゆらぎの森のシエラ』が前衛的な作品であったかもわかろうというものです。

『ゆらぎの森のシエラ』はまさに日本SFの移行期に位置し、ある意味ではその方向性を定めた重要な作品といっていいでしょう。

本書は一九八九年、ソノラマ文庫より刊行された。

著者紹介　1963年京都市生まれ。81年「ブルー・フライト」でデビュー。91年，92年『メルサスの少年』，「そばかすのフィギュア」で第23回，24回星雲賞を連続受賞。2000年『永遠の森』で第54回日本推理作家協会賞，第32回星雲賞を受賞。著作に『五人姉妹』『おまかせハウスの人々』などがある。

検印
廃止

ゆらぎの森のシエラ

2007年3月23日　初版

著者　菅《すが》　浩《ひろ》　江《え》

発行所　(株)　東京創元社
代表者　長谷川晋一

162-0814/東京都新宿区新小川町1-5
電話　03·3268·8231-営業部
　　　03·3268·8204-編集部
URL　http://www.tsogen.co.jp
振替　00160−9−1565
製版　フォレスト
光印刷・本間製本

乱丁・落丁本は，ご面倒ですが小社までご送付ください。送料小社負担にてお取替えいたします。

ISBN978-4-488-72401-6　C0193

Lois McMaster Bujold

L・M・ビジョルド（米 一九四九― ）

八六年にデビューしたのち、わずか数年でヒューゴー賞、ネビュラ賞をつぎつぎと受賞、一躍その地位を確固たるものとした。身体的ハンデをものともせず知略と大胆さで窮地に挑む**マイルズ・ヴォルコシガン**を主人公にした、**『戦士志願』**に始まるスペースオペラ・シリーズが人気を集めている。物語性を重視した現代女流作家として、さらなる活躍が期待される。

ロイス・マクマスター・ビジョルド
小木曽絢子 訳
戦士志願

貴族に生まれながら、生来の身体的ハンデのため士官学校の門をとざされた十七歳のマイルズ。一度は絶望の淵に立たされた彼だったが、とある事情で老朽貨物船を入手、身分を偽り戦乱渦巻くタウ・ヴェルデ星系へと船出した。だがさすがの彼も予期してはいなかった、抜きさしならぬ状況下で実戦を指揮することになろうとは！　シリーズ第一弾。

69801-0

ロイス・マクマスター・ビジョルド
小木曽絢子 訳
自由軌道

人類のバイオテクノロジーの発達は新たな人間を創造するに至った。辺境の惑星に浮ぶ巨大企業の研究衛星では、無重力環境下の労働に適した子供たちが生み出されていた。だがある日、この計画に即時停止命令が下される。子供たちを破棄せよというのだ。この無慈悲な企業決定に教育担当官は敢然と反旗を翻した！　ネビュラ賞に輝く宇宙SF。

69802-7

ロイス・マクマスター・ビジョルド
小木曽絢子 訳
親愛なるクローン

ある時は辺境惑星の一介の中尉、ある時は極秘任務に就いた傭兵艦隊の提督――二重生活を送るマイルズは、隠密作戦を成功させたが敵に追われ、艦隊を引き連れて地球まで逃げてきた。だが運悪くTV局に正体を悟られ、とっさに「傭兵提督は私の非合法なクローンなんだ！」とでっちあげたまではよかったが……魔手は忍び寄る。痛快活劇第二弾。

69803-4

ロイス・マクマスター・ビジョルド
小木曽絢子 訳
無限の境界

勇気と智略を武器に難事に挑む傭兵提督マイルズが回想する冒険の数々。敵星の捕虜収容惑星からの一万人の大脱走の顚末を綴った表題作のほか、故郷の山村で起こった嬰児殺害事件の捜査に赴く「喪の山」、腐敗した商業惑星の遺伝子工学実験場への潜入行を描く「迷宮」など、ヒューゴー賞／ネビュラ賞／ローカス賞に輝いた傑作三篇を収録。

69804-1

ロイス・マクマスター・ビジョルド
小木曽絢子 訳
ヴォル・ゲーム

苦難のあげく士官学校を卒業し、初任務に胸高鳴らす新人少尉マイルズ。宇宙艦隊を希望していた彼を待っていた初の任官先とは……なんと人里離れた孤島の気象観測基地！　問題児の彼がこの退屈きわまりない任務を勤められれば宇宙船に乗せてやる、というのだが……当然ここでもマイルズは騒動の渦中に。ユーモアと冒険のヒューゴー賞受賞作。

69805-8

ロイス・マクマスター・ビジョルド
小木曽絢子 訳
名誉のかけら

ベータ星の女性艦長コーデリアは新発見の星を上陸探査中、見知らぬ敵に襲われる。彼女を捕えた男はヴォルコシガンと名乗った。辺境の星バラヤー軍の艦長だ。なんと彼は部下の造反にあって一人とり残されたのだという。捕虜の身ながら、彼女は持ち前の機転で彼の指揮権奪還に協力することに……マイルズの母コーデリアの、若き日の活躍！

69806-5

ロイス・マクマスター・ビジョルド
小木曽絢子 訳
バラヤー内乱

幼年皇帝の摂政として惑星統治を委ねられた退役提督アラール。だが彼の前途には暗雲がたれこめ、反旗はついに、一夜にして翻された。クーデターで首都は制圧され、その妻コーデリアは五歳の皇帝をあずかり辺境の山中へ逃れるが……。マイルズの誕生前夜、辺境の星を襲った未曾有の動乱。ヒューゴー賞・ローカス賞を制したシリーズ中の白眉。

69807-2

ロイス・マクマスター・ビジョルド
小木曽絢子 訳
天空の遺産

敵対するセタガンダ帝国の皇太后が急逝し、マイルズが使節に送られた。だが彼は今回も見事にトラブルを引きあてる。遺伝子管理によってセタガンダを支配してきた皇太后は帝国のゆきづまりを察知し、密かに大きな賭けに出ていたという。そしてその死に乗じて銀河を揺るがす陰謀が。皇宮に残された美女たちのため、彼は単独行動に出るが。

69808-9

ロイス・マクマスター・ビジョルド
小木曽絢子 訳
ミラー・ダンス上下

マイルズの留守に乗じて傭兵艦隊に潜入した、そっくりの偽者――クローンのマーク。特命任務と偽って快速艇とコマンド部隊を入手、ジャクソン統一惑星へ侵攻する。が、マイルズならぬ身ゆえ攻略に失敗、進退きわまる。急遽後を追ったマイルズだが、救出作戦敢行のさなか敵弾の直撃を受け……死亡した？　ヒューゴー賞・ローカス賞受賞。

69809-6/69810-2

ロイス・マクマスター・ビジョルド
小木曽絢子 訳
遺伝子の使命

男性だけが人工子宮で生殖を繰り返す特異な惑星アトスで、二百年使われた卵子培養基が疲弊し始めた。だが新たに輸入した培養基が何者かの手ですり替えられた。事件解明のため一人の青年医師が外宇宙に派遣される。そこで彼は傭兵艦隊の美貌の特命中佐エリ・クインと出会うが……初めて接する女性の姿にあたふたしつつも、謎の陰謀に迫る。

69811-9

Anne McCaffrey

アン・マキャフリー（米 一九二六― ）

女性作家が繚乱する現代アメリカSF界でもナンバーワンの人気を誇る。女性を主人公とする情感溢れる物語づくりに定評があり、各種あるシリーズの中では《パーンの竜騎士》が有名だが、著者自身最も愛着があると語るのが、デビュー間もない頃に書いた『歌う船』である。宇宙船の身体をもつ一人の少女の冒険を綴った傑作連作集で、その後シリーズ化された。

歌う船

アン・マキャフリー
酒匂真理子 訳

金属の殻に封じ込められ、神経シナプスを宇宙船の維持と管理に従事する各種の機械装置に繋がれたヘルヴァは、優秀なサイボーグ宇宙船だった。〈中央諸世界〉に所属する彼女は銀河を翔け巡り、苛烈な任務をこなしていく。が、嘆き、喜び、愛し、歌う、彼女はやっぱり女の子なのだ……！ サイボーグ宇宙船の活躍を描く傑作オムニバス長編。

68301-6

旅立つ船

マキャフリー&ラッキー
赤尾秀子 訳
歌う船シリーズ

「かわいそうな少女を生かしてやれる可能性はただひとつ、殻人《シェルパーソン》プログラムに入れてやるということです」七歳のおしゃまな女の子を突然襲った病は、容赦なく彼女を全身運動麻痺にまで追いこんだ。が、果敢にも自力で病因をつきとめようと決心した少女は、ついに宇宙船として生まれ変わった！ 名作『歌う船』に続く人気シリーズ、第二弾。

68304-7

戦う都市 上下

マキャフリー&スターリング
嶋田洋一 訳
歌う船シリーズ

銀河系は外辺部、一つの宇宙ステーションがあった。ここを管理するのは、頭脳船《ブレインシップ》の場合と同様、人間の脳。シメオンという名の脳《ブレイン》だ。近頃トラブル続きの彼に、更に追い打ちを掛けるような事態が発生した。操縦不能のおんぼろ船が非武装のステーションめがけて突っ込んできたうえ、宇宙海賊までやってきたのだ！ 〈歌う船〉シリーズ第三弾。

68305-4/68306-1

友なる船

マキャフリー&ボール
浅羽莢子 訳
歌う船シリーズ

卒業したてでいよいよ今日が初飛行の宇宙船、ナンシア。乗客の若者たちは、いずれもこれから新しい赴任先へ向かう良家の子女に見えた。ところが彼らの会話はどうも尋常ではない。良家とは名ばかりで、その実、欲に目がくらみ悪事をたくらんでいるやくざな連中だったのだから。幸先の悪いスタートにナンシアはどう出る？ シリーズ第四弾。

68307-8

マキャフリー＆ナイ
嶋田洋一訳
魔法の船
歌う船シリーズ

宇宙船キャリエルとその相棒ケフは、この道十四年の異星探査チーム。知的種族とのファースト・コンタクトを目指して、前人未到のその星に降り立った。そこで二人が目にしたものとは……毛むくじゃらな農民？ 水の玉に入った蛙？ ところが好奇心剝きだしのケフに突然、空からの熱線攻撃が！ 今のは魔法だったのか？ シリーズ第五弾。

68308-5

ジョディ・リン・ナイ
嶋田洋一訳
伝説の船
歌う船シリーズ

オズラン星に住む両棲類種族から、宇宙船キャリエルと相棒ケフのコンビに宛てて、母星への移送依頼が舞い込んできた。透明な水の玉に入ったその知的種族は、そのチームにより発見され、〝玉蛙〟として注目の存在である。蛙たちは実に千年ぶりの帰郷を果たすが、この母星と植民星の断絶には、ある〝伝説の船〟との因果関係が？ 第六弾。

68309-2

S・M・スターリング
嶋田洋一訳
復讐の船
歌う船シリーズ

宇宙基地であり、父親であることでも有名なシメオンは、人間の脳を搭載したステーション。かつて宇宙海賊の攻撃を受けたとき、防衛戦の切り札として活躍したのが、もと浮浪児で彼の養子、ジョートなる少女だった。今や商業船の船長として堅実な道を歩む彼女に、急遽命令が下る。スパイとして密売人の巣窟を探れ！ 歌う船シリーズ第七弾。

68310-8

W・M・ミラー・ジュニア
吉田誠一訳
黙示録三一七四年

核兵器による第三次大戦が起こり、知識文明が中世以前の段階にまで後退したとき、リーボウイッツは文明の保存につとめ、キリスト教の僧侶となって修道院を設立した。物語はそれから数百年後、文明が廃墟の中から芽生え始めた頃の修道院を舞台に、千年という歳月を単位にして、人類と文明の未来史を展開していく。ヒューゴー賞受賞の傑作。

64301-0

フリッツ・ライバー
永井淳訳
放浪惑星

突如として、月の近くに出現した未知の惑星が、その巨大な重力によって月を捕捉、粉砕し、地球にも影響を及ぼしはじめた。人々はこの惑星を《放浪者》と名付けた。やがて、《放浪者》の宇宙船に拉致された地球人の目に明らかになったのは、超空間を永遠にさまよい続けるこの惑星の悲劇的な運命であった。ヒューゴー賞に輝いた巨編！

62501-6

マレー・ラインスター
高橋泰邦訳
地の果てから来た怪物

南極基地への中継点である絶海の孤島へ向かった輸送機上で怪事件が発生した。搭乗者が消滅し、機長は胴体着陸ののち自殺した。しかもその遺体が何者かによって運び去られ、島の駐在員がつぎつぎと殺されていった。闇夜に出没する謎の〝姿なき怪物〟の正体とはなにか！ 名実ともにSF界の最長老が健筆を揮うミステリ仕立てのSF長編。

62103-2

Diana Wynne Jones

ダイアナ・ウィン・ジョーンズ（英　一九三四―　）

現代英国ファンタジイを代表する作家の一人。『わたしが幽霊だった時』『九年目の魔法』や《デイルマーク王国史》等で幅広い人気を得る。『ダークホルムの闇の君』は、ローリングの『ハリー・ポッターと賢者の石』を制して、ミソピーイク賞を受賞。近年は宮崎駿監督のアニメーション映画「ハウルの動く城」の原作者として、日本でもブームを巻き起こした。

ダイアナ・ウィン・ジョーンズ〈ファンタジイ〉
浅羽莢子訳

わたしが幽霊だった時

歩いててふと気がついたら、あたし幽霊になってた！　頭がぼやけてて何も思い出せないし、下を見たら自分の体がないじゃないの。生垣やドアをすり抜けて家のなかに入ると、だいっ嫌いな姉さんや妹たちが相変わらずのケンカ。誰もこっちに気づきゃしない。でも、どうして幽霊なんかになっちゃったの!?　おかしくもほろ苦い現代ファンタジイ。

57201-3

ダイアナ・ウィン・ジョーンズ〈ファンタジイ〉
浅羽莢子訳

九年目の魔法

おかしい。懐かしい壁のこの写真も、愛読してたベッドの上の本も、覚えてるのとは違ってる。まるで記憶が二重になってるみたい。そう、ことの起こりはたしか十歳のとき。大きな屋敷にまぎれこんだら葬式やってて、そこでリンさんていう男の人に出会って、それから、なにかとても恐ろしいことが……少女の成長と愛を描く魔法ファンタジイ。

57202-0

ダイアナ・ウィン・ジョーンズ〈ファンタジイ〉
浅羽莢子訳

ダークホルムの闇の君

別の世界から事業家チェズニー氏がやってきて四十年、魔法世界は今や一大観光地。ところが諸国の財政は危機に瀕し、町も畑も荒れ放題。この世界を救うのは誰なのか？　神殿のお告げで選ばれたのは魔術師ダーク。彼と妻、一男一女五グリフィンの子供たちまで巻き込まれて……辛口のユーモアを盛り込んだファンタジイ。　解説＝妹尾ゆふ子

57203-7

ダイアナ・ウィン・ジョーンズ〈ファンタジイ〉
浅羽莢子訳

グリフィンの年

若手教授たちに経営が任された魔術師大学の赤字はかさみ、寄付を募る手紙が事件を呼ぶ。新入生を狙う刺客に、学食に乱入する海賊、そして女子学生につきまとう外套掛け？　大学の危機にダークの娘、グリフィンのエルダとその仲間たちが大活躍。魔法世界のキャンパスライフを生き生きと描くユーモア・ファンタジイ第二弾。　解説＝荻原規子

57204-4

デイルマーク王国史1
詩人《うたびと》たちの旅
田村美佐子 訳
ダイアナ・ウィン・ジョーンズ〈ファンタジイ〉

町から町へと旅する吟遊詩人クレネンの一家が、見知らぬ少年を馬車に乗せた時から、過酷な運命が始まる。父の死。囚われた兄。モリルは父の素顔を知るとともに、遺された弦楽器クィダーに秘められた魔法の力を見出す。が、危機はさらに待ち受けていて……。現代英国ファンタジイを代表するジョーンズが描く冒険と奇跡の四部作、ここに開幕。

57206-8

デイルマーク王国史2
聖なる島々へ
田村美佐子 訳
ダイアナ・ウィン・ジョーンズ〈ファンタジイ〉

海祭りの日に生まれ、幼くして革命組織にくわわったミット。領主ハッド暗殺計画の一端を担う彼だったが、抱えた爆弾はその手を離れて……？　一方、ハッドの孫娘ヒルディは、祖父が勝手に決めた意に添わない婚約に抗い、弟とともに帆船〈風の道号〉で旅立つ。運命は貧しい少年と貴族の姉弟を遠い島々へと誘う。大河ファンタジイ第二部。

57207-5

デイルマーク王国史3
呪文の織り手
三辺律子 訳
ダイアナ・ウィン・ジョーンズ〈ファンタジイ〉

少女タナクィが機に織りなす、デイルマークが〈川の国〉と呼ばれていたころの物語。異教徒との戦争に出征した父は戦死し、長兄ガルは心を病んで帰ってきた。だが、戦争の陰では、魔術師カンクリーディンが〈川〉に呪いをかけていた。全土を洪水が襲う中、タナクィたちは川上へと旅立つ。デイルマーク先史を描く大河ファンタジイ第三部。

57208-2

デイルマーク王国史4
時の彼方の王冠
三辺律子 訳
ダイアナ・ウィン・ジョーンズ〈ファンタジイ〉

アベラス女伯爵から暗殺の命令を受けた親衛隊員ミットは、標的である少女ノレスこそがデイルマークの真の女王となるべきことを知る。一方、現代の少女メイウェンは二百年前の世界に送り込まれ、ノレスとしてミットや詩人モリルらとともに王冠を探す旅に。が、彼女にしか聞こえない謎の声が、何かをもくろみささやきかける……四部作完結編。

57209-9

魔法使いになる14の方法
大友香奈子 訳
ダイアナ・ウィン・ジョーンズ他〈ファンタジイ〉

マーリンからハリー・ポッターまで、時代を超えてつねに人の心をとらえる魔法使いの物語。ここに選んだ14篇は、魔法を信じる子供たちと、かつてそんな子供だった大人たちへの贈り物です。ネズビットからジョーンズまで新旧の名手たちが「魔法」と「学校」をテーマに自慢の腕をふるいます。これを読んだら、あなたも魔法使いになれるかも？

57205-1

たたり
渡辺庸子 訳
シャーリイ・ジャクスン〈ホラー〉

幽霊屋敷と噂される〈丘の屋敷〉。心霊学者モンタギュー博士は三人の協力者を呼び集め、調査を開始した。迷宮のように入り組み、彼らの眼前に怪異を繰り広げる〈屋敷〉。そして、一冊の手稿がその秘められた過去を語りはじめるとき、何が起きるのか？　スティーヴン・キング『シャイニング』に影響を与えた古典的名作、待望の新訳決定版。

58301-9

Fredric Brown

フレドリック・ブラウン（米 一九〇六―一九七二）

SF文庫の刊行第一弾となった『未来世界から来た男』は、初めてSFを手にする読者からも絶賛を博し、現在もSF入門に恰好の作家として愛され続けている。奇抜な着想と話術で描くショートショートの第一人者とされる一方、『73光年の妖怪』『宇宙の一匹狼』等の長編では卓越したサスペンスを堪能させてくれる。アンソロジイ編纂にも優れた手腕を発揮した。

フレドリック・ブラウン
小西　宏訳

未来世界から来た男
SFと悪夢の短編集

奇想天外な着想と巧妙な話術を身上とする当代一流のストーリー・テラー、フレドリックブラウンがその真価を発揮する短編集。第一部SF編には「二十世紀発明奇譚」以下二十数編、第二部悪夢編には「魔法のパンツ」「最後の恐竜」等二十編を収める。未来世界と大宇宙の戦慄、怪奇と幻想に彩られた悪夢の恐怖を綴るブラウンSFの第一弾！

60501-8

フレドリック・ブラウン
小西　宏訳

天使と宇宙船

二つの太陽間を8の字形の軌道を描く惑星上では、はたして何が起こるか？　十八万年前に生まれた男から届いた手紙とは？　電力を失った二十世紀文明は？　悪魔と坊やとの大決戦は？　既刊『未来世界から来た男』で絶賛を博したブラウンのSFとファンタジー、男性も女性も大人も子供も楽しめる傑作中短編、全十六編を収録。司修　画

60502-5

フレドリック・ブラウン　編
小西　宏訳

SFカーニバル

鬼才フレドリック・ブラウンが編纂したSF短編の名アンソロジー。地球侵略、タイム・トラベル、ロボット、スペース・オペラ、ミュータント（突然変異種）など、SFの主要なテーマを余す所なく網羅した絶好のSF入門書。本邦初訳作品を多数収録し、多彩な現代SFの展望をあたえてくれるファン必携のハンド・ブックである。司修　画

60503-2

フレドリック・ブラウン
中村保男訳

スポンサーから一言

SFショート・ショートを書かせては、その右に出る者がない当代の鬼才フレドリック・ブラウンの傑作集。彼が一言呪文を唱えるやいなや、悪魔は地獄の門を開いて読者にウィンクし、宇宙船は未来の空間を航行しはじめる。この現代の魔術師の導きで、二百万光年のかなたからやって来た宇宙人との冒険旅行、悪魔といっしょにランデブーを！

60504-9

リチャード・マシスン
尾之上浩司 訳

ある日どこかで

〈ファンタジイ〉

医者からあと半年足らずの命と診断された脚本家リチャードは、旅の途中、サンディエゴのホテルで、女優エリーズの色あせたポートレイトを目にした。恋におちた彼は、彼女に一目会おうと一八九六年への時間旅行を試みる。映画化・舞台化され、いまもなお熱狂的な人気を博する傑作ファンタジイ。世界幻想文学大賞受賞作。　解説＝瀬名秀明

58102-2

アン・マキャフリー
赤尾秀子 訳

だれも猫には気づかない

〈ファンタジイ〉

時は中世。公国の若き領主に仕えてきた老摂政が亡くなった。将来を案じた彼が遺していったとっておきの秘策、それが飼い猫ニフィのことだったとは！　賢い猫はやがて〝摂政〟として敏腕ぶりを発揮。領主の恋に政治的陰謀が絡まりだす時、隠れ摂政ならどんな妙手を繰りだす？　現代ＳＦの女王マキャフリーが贈る猫ファンタジイの逸品。

59701-6

アン・マキャフリー
赤尾秀子 訳

天より授かりしもの

〈ファンタジイ〉

王女ミーアンが出奔した先は森の奥深くの廃屋だった。火をおこすことさえままならない彼女の前に、背中に鞭跡のある少年ウィスプがあらわれ、ふたりは仲むつまじく暮らすようになる。しかし、消えた王女を捜す宮廷の使者の登場に、彼は態度どころか外見までも豹変させ……はたしてウィスプの正体とは？　ロマンティック・ファンタジイ。

59702-3

アン・マキャフリー
赤尾秀子 訳

もしも願いがかなうなら

〈ファンタジイ〉

小さな村の領主エアスリー卿の妻レディ・タラリーのもとには、いつも助言や癒しをもとめて、村人たちが訪ねてくる。だが彼らの公国に、近隣の国が攻め込んできた。兵を出すエアスリー卿。残された者たちは、なんとか事態をのりきろうとする。そんななか、跡継ぎの兄とふたごの妹が十六歳の誕生日を迎えた。優しさと希望に満ちたファンタジイ。

59703-0

ロバート・R・マキャモン
山田和子 訳

ミステリー・ウォーク 上下

〈ダークファンタジイ〉

死者の魂を鎮める能力を受け継いだビリー。伝道者ファルコナーが治癒の奇蹟を起こす息子ウェインを連れて町にやって来たが、ビリーが見たのは奇蹟ではなく死の予兆だった！　邪悪な影は執拗につきまとい、さらにファルコナーの死後教団を継いだウェインは、悪魔の化身と信じビリーの命を狙う。善と悪の対決を少年の成長に託して描く傑作。

55801-7/55802-4

エリック・マコーマック
増田まもる 訳

隠し部屋を査察して

〈奇妙な味〉

日曜日の朝、カナダのある町に突然、巨大な溝が出現、高速で西に向かいはじめた。触れるもの全てを消滅させながら……。世界じゅうを混乱に陥れる奇妙な現象「刈り跡」、不可解な死の真相を街角の迷宮に追う警部「窓辺のエックハート」、想像力の罪を犯し幽閉された人々を描く表題作など、謎と奇想に満ちた二十の物語を収録。　解説＝柴田元幸

50403-8

Ray Bradbury

レイ・ブラッドベリ（米 一九二〇― ）

少年時代からバローズの火星シリーズや〈アメージング・ストーリーズ〉を耽読し、SFへの夢を育んでいたレイ・ブラッドベリは、その流麗な文体によってSFの抒情詩人といわれている。彼は本質的に短編作家であるが、ことに代表的な短編集『10月はたそがれの国』はE・A・ポオの衣鉢をつぐ怪奇幻想文学の第一人者としての特色が遺憾なく発揮されている。

レイ・ブラッドベリ
大久保康雄 訳
何かが道をやってくる

ある年の万聖節前夜、ジムとウィルの十三歳の二少年は、一夜のうちに永久に子供ではなくなった。カーニバルの騒音のなかでの回転木馬の進行につれて、時間は現在から未来へ、過去から未来へと変わり、魔女や恐竜の徘徊する悪夢のような世界が展開する。SF界の抒情詩人が世に問う絶妙なリズム。ポオの衣鉢をつぐ一大ファンタジー長編。

61201-6

レイ・ブラッドベリ
宇野利泰 訳
10月はたそがれの国

ポオの衣鉢をつぐ幻想文学の第一人者、SFの抒情詩人・ブラッドベリの名声を確立した処女短編集「闇のカーニバル」全編に、新たに五つの新作をくわえた珠玉の作品集。後期のSFファンタジーを中心とした短編とは異なり、ここには怪異と幻想と夢魔の世界がなまなましく息づいている。ジョー・マグナイニの挿絵十二枚を付した決定版。

61202-3

レイ・ブラッドベリ
大西尹明 訳
ウは宇宙船のウ

幻想と抒情のSF詩人・レイ・ブラッドベリの不可思議な呪縛の力によって、読者は三次元の世界では見えぬものを見ることができ、触れられぬものに触れることができる。あるときは読者を太古の昔に誘い、またあるときは突如として未来の極限にまで読者を運んでいく。驚嘆に価する非凡な腕をみせる作者自選の十六編を収める珠玉の短編集。

61205-4

レイ・ブラッドベリ
一ノ瀬直二 訳
スは宇宙《スペース》のス

――ヴェルヌはぼくの父親、ウェルズはぼくの賢明なる伯父さん、ポオは蝙蝠の翼をもった従兄弟、シェレー夫人はぼくの母親だったこともある。バローズやハガード、スティヴンスンの小説をむさぼり読んだ少年の日のぼく――幻想と抒情のSF詩人・ブラッドベリが、読者を幼年時代へ、怪異な夢魔の息づく不可思議な世界へと誘う傑作短編集。

61204-7

日本SF史に名を刻む壮大な宇宙叙事詩

Legend of the Galactic Heroes I ◆ Yoshiki Tanaka

銀河英雄伝説1

黎明篇

田中芳樹

カバーイラスト＝星野之宣

◆

銀河系に一大王朝を築きあげた帝国と、
民主主義を掲げる自由惑星同盟《フリー・プラネッツ》が繰り広げる
飽くなき闘争のなか、
若き帝国の将“常勝の天才”
ラインハルト・フォン・ローエングラムと、
同盟が誇る不世出の軍略家“不敗の魔術師”
ヤン・ウェンリーは相まみえた。
この二人の智将の邂逅が、
のちに銀河系の命運を大きく揺るがすことになる。
日本SF史に名を刻む壮大な宇宙叙事詩、星雲賞受賞作。

創元SF文庫の日本SF